グルア監獄

蒼穹に響く銃声と終焉の月

九条菜月
Natsuki Kujo

C★NOVELS Fantasia

口絵・挿画　伊藤明十

目次

キャラクタ紹介
カルディナ・バシュレ
(一等兵)
第三監房棟所属
クロラ・リル
(一等兵)
別名多数あり。16歳で成長が止まった外見を生かして、潜入調査に従事する
サルバ・ラケール
(大尉)
第三監房棟所属

セリオ・アバルカス
（少尉）
第一監房棟所属
ブラス・ブラト
（一等兵）
第二監房棟所属
レジェス・ハイメ
（一等兵）
第一監房棟所属
ディエゴ・クライシュナ
（中佐）
クロラの上官。第六連隊隊長
セルバルア・ゼータ
（グルア監獄所長）
ディエゴの天敵（？）

グルア監獄

蒼穹に響く銃声と終焉の月

序章

辺りに充満する硝煙《しょうえん》の臭いに、嗅覚《きゅうかく》が麻痺《まひ》してからどれだけ経《た》っただろうか。

　野戦服の少年は草むらに身を屈《かが》め、小銃《しょうじゅう》を構え息を潜《ひそ》める。太陽の位置はやや頂点をすぎたところ。いつもならば厳しい訓練にへとへとになりながらも、質素だが量だけはたくさんある昼食を腹いっぱいに掻《か》き込《こ》んでいるはずだった。

「入隊一年目でこれかよ……運がねぇな」

　土混じりの唾《つば》をはき出す。軍の作法を学んで来い、と国境近くの基地に放り込まれて数ヶ月。訓練の厳しさに何度か音をあげそうになりながらも、ようやく規則に縛られた生活にも馴染《なじ》んできた頃だった。

　ここ十数年間、戦争らしい戦争も起こらなかったこの国で、久し振りに銃声が響き渡った。隣国との小競《こぜ》り合《あ》いが始まったのは、運の悪いことに少年が配属された基地の目と鼻の先だった。

　食糧と銃弾が入った背嚢《はいのう》を手渡され、当然のように少年は戦地に放り出された。それが一昨日のこと。小隊をまとめる上官からの、撤退《てったい》の命令はない。目に見えて背嚢が軽くなり、手持ちの銃弾もあとわずか。撤退すべきだが、手柄を切望する上官は粘《ねば》る考えらしい。

　汗で額に貼りついた前髪が不快だ。こんなことなら坊主にでもしておけばよかった。

「……おい、アティリオ。弾《たま》を寄越《よこ》せ」

　切羽詰《せっぱつ》まった声に顔をあげれば、同じように草むらに潜んでいた兵士がこちらを睨《にら》みつけていた。どうやら場の雰囲気《ふんいき》に呑まれ、弾を浪費《ろうひ》してしまったようだ。

こっそりと悪態をついた少年だったが、相手の階級は上。軍隊の厳しい上下関係を叩き込まれた体は、躊躇《ちゅうちょ》なく大事に取っておいた銃弾を袋《ふくろ》ごと相手に投げ渡していた。

——これで、生存率が大幅に減った。

弾は弾倉に残っているだけ。今すぐ撤退命令が出ればまだ目もあるだろうが、欲に眼が眩《くら》んでいる人間に冷静な判断は下せない。

そうこうしているうちに、再び撃ち合いが始まった。銃弾の雨が降《ふ》り注《そそ》ぐ。地面に伏せ、ひたすら銃撃が止《や》むことを祈る。どれほど能力があっても、あの鉛《なまり》の塊《かたまり》に勝てる人間は存在しない。今は撃ち返すよりも耐えることが肝要だ。

しばらくして、狼煙《のろし》があがった。空に浮かぶ色は、前進を示す〝赤〟。

むり言うな、と少年は呟《つぶや》き舌打ちした。小隊が身を潜めるのは、最悪なことに見晴らしのいい草むらの中で、盾《たて》となりそうな樹木のある場所は敵に陣取られている。動くものがあれば即座に蜂《はち》の巣《す》だ。

しかし、上官の命令は絶対である。それがどれほど無謀《むぼう》な突撃であったとしても、従う以外の選択肢はない。銃撃戦の間に死んでいてくれれば、まだ撤退という可能性もあったが、あの士官学校あがりの中尉殿は悪運だけは持ち合わせていたらしい。

無謀な突撃命令に、同じように草むらに潜んでいた仲間たちが動く気配を見せた。少年も小銃を握《にぎ》り締《し》める。心臓が爆発しそうなくらい脈打っていたが、不思議と恐怖心はない。頭上を飛《と》び交《か》っている鉛弾が、非現実的なものに思えるくらいには感覚が麻痺してしまったようだ。

行くか。そう思った時、少年はすぐ傍《そば》にいた兵士が、突っ伏していることに気付いた。彼の肩は鮮血に染まっている。試しに足先で小突いてみるが反応はない。

悲しみの感情も、同じように麻痺してしまったのだろう。少年は無言で、兵士の手から自分のものだった袋を取り戻した。小銃の弾倉まで確認している余裕はないが、弾が入ったままだとすればもったいないことだ。

こちらに動きがあったことから、相手側の行動も活発になった。そこかしこで呻《うめ》き声《ごえ》が漏《も》れる。悲鳴を堪《こら》えるのは、標的にされるのを防ぐため。正確な数はわからないが、小隊の人数もだいぶ減ったはずだ。

上官は、この少人数で制圧できると本当に信じているのか。むしろ窮地《きゅうち》に追い込まれ、全滅覚悟で命令したのではないか――。

だったら、一人で勝手にやってくれ。少年の中で、敵兵ではなく己《おのれ》の上官に対する悪意がふつふつと湧《わ》きあがる。

「ほんと、早く死んでくんないかね……」

一瞬、考えていたことが口に出てしまったのかと思った。見れば、すぐ前の茂《しげ》みがわずかに揺れる。どうやら、自分の他にも似たようなことを考える者はいたらしい。当たり前だ。激しく同意したいが、ここは聞き流すのが筋というもの。

再び、狼煙のあがる音が響いた。二度目の〝赤〟だ。突撃を意味するそれに、もはやなんの感慨も湧かない。しかし、動かなければ、命令違反で背後から銃殺される恐れがあった。つまり、無謀とわかっていても、少年には突撃以外に手は残されていないのだ。

己にまだ運が残っていることを祈る。

草むらから立ち上がり、小銃を連射する。予備を使っても弾はすぐに尽きるだろう。ただ、少しでも敵兵に近付ければいい。接近戦に持ち込めれば、銃器は本来の威力を半減させる。同じ考えに至った仲間たちが、次々と走り出す。

突然の猛攻に怯《ひる》んだのか、相手側の手が緩《ゆる》んだ。

銃弾を撃ち尽くし、不要となった小銃を投げ捨てた。代わりに、腰に下げた鞘《さや》からナイフを引き抜く。

眼前には、敵兵が潜む樹林が迫《せま》っていた。幹に残る激しい銃撃戦の痕《あと》が、やけに生々しく少年の目に映った。

その背に隠れる敵兵と、視線がかち合う。恐怖に歪《ゆが》んだ顔。銃口が向けられる前に、握り締めていたナイフを躊躇なく振《ふ》り翳《かざ》し――。


激しい波飛沫《なみしぶき》が船体に打ちつける。眼を開けた先に映ったのは、黴《かび》の生えた天井《てんじょう》と、意味もなく伸《の》ばされた己の腕だった。

「……夢、か」

ゆっくりと体を起こしたのは、褐色《かっしょく》の肌と真っ白な髪が人目を引く、十五、六歳ほどに見える少年だった。春先の若葉を思わせる瞳《ひとみ》には、うっすらと涙の膜が張っている。着ているものは、軍の配給品である黒の外套《がいとう》。その下は、華奢《きゃしゃ》な少年には不似合いな軍装だった。

クロラ・リルは靄《もや》の掛《か》かった頭で現状を把握《はあく》しようとする。ここは木造の貨物船、その倉庫の中だ。

ぼんやりしていると、船体が右に傾き、重心を失った体が脇《わき》の荷物に叩きつけられた。おかげで、強引にだが現実に引き戻される。

「あー……くそっ」

自分は任務に向かう途中だった。痛みに呻きながら、クロラはいつ次の波が来てもいいように、固定された荷物に摑《つか》まる。疲れる体勢だが、そうでもしなければ体が青痣《あおあざ》だらけになってしまう。

本土を出港してから半日。天井に頭を叩きつけられた回数は数え切れない。就寝中だろうが食事中だろうが、気まぐれな高波は、クロラの体を弄《もてあそ》び続けている。目的地に着く頃には、こぶどころか頭部が割れているのではないだろうか。鈍い痛みを訴える頭を庇《かば》いながら、クロラは舌打ちした。

だからといって、船乗りたちのように甲板に出るのは自殺行為だ。数分と経たずに、自分だけが冷たい海へと叩き落とされてしまう。倉庫《ここ》がもっとも安全な場所——頭さえぶつけなければ——なのだ。

「しかも、よりによってあの頃の夢かよ」

幸先が悪いな、とクロラは呟いた。験《げん》を担《かつ》ぐ性格ではないが、昔の夢を見たあとは決まって面倒事に巻き込まれる。自分にとっては初陣《ういじん》の、人生でも最悪の部類に入る記憶だ。六年も前のことだというのに、悪夢は思い出したようにクロラを責《せ》め苛《さいな》む。

溜息《ためいき》をついて、クロラは頭を切り換えるように辺りを見回した。うたた寝をする前は、気付かれない程度に荷物の中身を確認していたところだった。

「本土からの物資輸送は、月一回。……ある程度の自給自足はできてるってことか」

倉庫にこれでもかと詰め込まれた品物の中には、酒や調味料以外の食料品——例えば、野菜や肉など——は見当たらない。すべて検《あらた》めたわけではないが、それ以外では医薬品や衣類、用途不明の工具といったものばかりであった。

「積荷に不審はなし、ね」

脳に刻《きざ》みつけるように呟くと、また船体が大きく上下する。天井に叩きつけられるほどではなかったが、体が宙に浮く独特の感覚にクロラは眉《まゆ》を寄せた。船酔《ふなよ》いする質《たち》でなかったのは幸いだった。この揺れの中で吐いたらどんなことになったか——想像したくもない。

天井を見上げながら、これでもっとも安全な航路なのか、と心中でぼやく。よくもまあ、今まで死人がでなかったものだ。

「坊主、島が見えたぞ！」

持参した荷物に寄り掛かり直していると、天井板を靴底《くつぞこ》で蹴《け》りつけるような音が響き、続いて耳を覆《おお》いたくなるほどの怒鳴り声が聞こえた。船員たちが慌ただしく動き出す気配を感じながら、壁伝いに甲板を目指す。

外へ出ると、突風と波飛沫の洗礼に見舞われた。顔馴染みとなった船員の一人が、「落ちんなよ」と笑いながら、船体に繋《つな》がれた荒縄の端《はし》を投げて寄越す。クロラは礼を言うよりも先に、命綱を腰に巻きつけた。

右に左に傾く甲板では、ズボンにシャツを身につけただけの船員たちが、曲芸のような軽やかな足取りで動き回っている。クロラは片手で扉の縁《ふち》を摑み、もう一方の手で波風を避《よ》け視界を確保する。

船首の前方に、岩肌が剝《む》き出《だ》しとなった島が見えた。岸壁に聳《そび》える灯台が、航行中の船舶《せんぱく》を導くように明かりを放つ。島の周りには大小の暗礁《あんしょう》が点在し、小型の船ですら上陸は難しいといわれている。船着き場は一箇所のみ。それも、少年が乗船している中型船が停められる限界だ。だからこそ、この島が選ばれたのだろう。

「あれがグルア監獄……」

これからクロラが赴《おもむ》く場所は、キールイナ大陸一の軍事力を誇る、サライ国が運営する、罪を犯した軍人や政治犯専用の刑務所だ。

クロラはそのグルア監獄に、一等兵として配属される。

数ある刑務所のうちでも、特殊な犯罪者が収容されていること、設立以来、一人も脱獄者を出していないことでも有名なグルア監獄だが、軍内部では違った意味で話題にのぼることが多い。

〝軍人の墓場〟。

それがグルア監獄の別名である。ここでの〝軍人〟とは、罪を犯した者ではなく、看守として配属される者を指す。

立身出世は不可能。配属換えを申し出ても、受理されることは滅多にない。不始末をしでかした者や、上官の反感を買ってしまった者が送られる場所でもあるのだ。

「新兵で〝墓場〟行きか……。どんな無法者だよ、俺は」

上官の顔を思い浮かべたクロラは、体を左右に揺さぶられながら、徐々に近付く島を眺め溜息をついた。そして、数週間前の出来事を回想する。

悪名高い〝軍人の墓場〟への、潜入調査を命じられることになった経緯《いきさつ》を――。

サライ国軍第六連隊の基地は、地方都市ウェラの中心市街地からやや離れた、北西の山沿いに位置する。

鉄筋造りの三階建ての本部棟の他には、兵士が暮らす二階建ての宿舎が二つ、訓練場、食堂、さらに、基地専用の発電所と給水塔の設備がある。それらを堅牢《けんろう》な鉄柵が囲い、常に小銃を携帯した歩哨《ほしょう》が巡《じゅん》回《かい》する。

帽子を取り、外套の襟《えり》を直す。クロラは用意していた紹介状と身分証明書を門番に提示した。記載されている氏名は、〝レオ・フォルテ〟。クロラの持つ偽名の一つ――民間人のものだ。紹介状と証明書は、どちらも軍を経由して取得したもので、疑われたところで問題はない。

「確認しました。では、このまま正面玄関脇にある受付へとお進みください」

「はい。ありがとうございます」

紹介状の隅《すみ》に確認済みの判が捺《お》される。本部棟の受付で今一度同じやりとりを行ったあと、クロラは目的の場所である連隊長室へと通された。

「――お客様をお連れいたしました」

第六連隊隊長の副官である壮年の男は、以前にもクロラを連隊長室へと案内してくれた人物だった。彼の名はなんといったか。もっとも、あの当時も変装していたので、相手が覚えている可能性は低いが。

当時はまさか自分が軍人になるとは思わず、周囲への注意力も散漫だった。今ならば、見聞きしたものを忘れることはないだろう。

「入れ」と、懐《なつ》かしい声が響く。重い樫《かし》の扉を開けると、正面にある執務机に向かっていた人物が顔をあげた。

歳《とし》は四十すぎ。襟足あたりで揃《そろ》えた髪を後ろへ撫《な》でつけ、整った容姿に黒縁の眼鏡《めがね》をかけている。髪色と同じ漆黒《しっこく》の瞳が、クロラを見るなり優しげに細められた。

着用しているのがくすんだ深緑色の軍服でなければ、とても軍人――それも連隊長席に座る人物とは思えないだろう。

サライ国軍第六連隊隊長、ディエゴ・クライシュナ。階級は中佐。三十五歳という異例の若さで一軍の統括《とうかつ》を任された人物である。あれから六年。未《いま》だ、ディエゴは誰にも追い落とされることなく、連隊長席を守り続けている。

顔を合わせるのは半年振りだ。扉が閉まり副官の気配が遠ざかってから、クロラは敬礼した。

「ファン・アティリオ少尉《しょうい》、ただいま戻りました」

クロラ――ファン・アティリオの所属先はこの第六連隊、第十部隊である。しかし、他の兵士たちのように基地に勤務するわけではない。クロラの任務は〝密偵〟だ。

第十部隊は、ディエゴによって秘密裏に結成された情報部隊である。基地で勤務しているように見せかけ、その実は情報を収集するため各地を飛び回っている。複数で任務に就《つ》く者たちもいれば、クロラのように単独で動く者もいる。滅多に顔を合わせることもないため、名前しか知らない相手の方が多いくらいだ。

ここを訪《おとず》れること自体、まだたったの二回目で、一度目は六年も前になる。

「ご苦労」

椅子《いす》から立ち上がったディエゴは、部屋の中央にある来客用のソファーに腰を下ろした。対面のソファーに座ったクロラは、外套と帽子、ついでに暑苦しい黒の鬘を脱ぐ。

現れたのは、雪のように真っ白な髪だった。他国との交流が盛んな港町では、褐色の肌や緑色の瞳はそう珍しいものではない。しかし、その他国でも滅多にない白髪はかなり異質なものだ。

よって、クロラは任務や私生活において、よほどのことがない限り悪目立ちする髪を隠すようにしていた。

久し振りに訪れた連隊長室をしげしげと見回す。

室内に窓はない。代わりに、左右にそれぞれ隣室へと続く内扉が造りつけられている。ソファーとテーブルを除けば、執務机の背後に置かれた本棚のみという質素な内装だ。贅沢《ぜいたく》しても許される身分にもかかわらず、値の張る絵画や骨董品《こっとうひん》の類《たぐ》いは見当たらなかった。

昔となにも変わっていない。観葉植物の一つでも置けばいいのに。と、クロラは以前と同じ感想を抱いた。

「ずいぶんと時間が掛かったようだな」

「密輸にかかわっていた人数が、予想以上に多かったんですよ」

「猶予《ゆうよ》は五ヶ月と言ったはずだ」

容赦《ようしゃ》のない指摘にクロラは唇を歪めた。人数が予想と違っていたせいで、いつもより慎重にことを運んだ結果だ。今、思えば、もう少し大胆に動いても問題はなかった。

しかし、それは安全な場所から、すでに終わってしまった物事を客観的に分析した感想だ。あの時は期限を守るよりも、任務を無事に完了させることに重きを置いていた。

「その分、危険手当から差っ引くぞ」

「――わかってますよ」

危険と隣り合わせの任務には、特別手当がつきものだ。もっとも、それは成功報酬《ほうしゅう》でもあるため、失敗すれば骨折り損のくたびれ儲《もう》け、悪くすればこの世からおさらばだ。さようならお金様、とクロラは涙を呑むが、それも生きていればこそ。

「で、報告書は読みました？」

「ああ」

上官の前だというのに、クロラは砕けた口調で訊《たず》ねる。ディエゴとは軍に入る前からの付き合いだ。

二人きりの時ならばと許可を得ているため、他所行《よそい》きの笑みも完全に消し去っていた。

「昨日、捕縛《ほばく》が完了したという一報があった。身柄の移送が終わり次第、裁判の準備も始まるだろう」

クロラに与えられた任務は、潜入調査である。はじめてディエゴの下で働いたのは、十二歳になった頃だ。子供だからこそ探り出せることもあると重宝がられた。

その後は能力と使い勝手のよさを認められ、どうせなら軍に在籍しておけと、十六歳の時に入隊。以来、ディエゴの指示に従い、様々な場所に潜入してきた。

短期間で済むものもあれば、今回のように証拠を掴むまで半年もかかったものもある。自慢は一度たりとも任務に失敗がないこと。今回のように期限を過ぎてしまったものもあるが、それだけの成果はきっちりと出している。だからこそ、危険手当の差っ引きという罰《ばつ》のみで済むのだ。

「それで、わざわざ俺をここに呼び出したわけを訊《き》いても？」

ディエゴとのやりとりは、いつも伝達役を介していた。密偵としての潜入調査が主なため、基地への出入りはできないのだ。自身の安全に直結することなので、そこは慎重にもなろうというもの。

任務を終えたクロラが伝達係から手渡されたのは、民間人レオ・フォルテに対して発行された一通の紹介状だった。そして、これを持って第六連隊へ帰還せよ、とだけ告げられたのだ。

これまでにないことなので、次はどんな難題を吹っ掛けられるのか。あまりいい予感はしない。

「次の任務についてだ。お前には今までとは違い、〝クロラ・リル〟の名で任務地に赴いてもらうことになる」

「本名で？」

クロラは〝ファン・アティリオ〟という偽名で第六連隊に登録されている。用意した戸籍も本物だ。

他にも用途に合わせていくつかの偽名を持っているが、本名を使ったことは一度もない。

そうするように指示したのは、他ならぬディエゴ自身だ。

「それだけ難しい任務になる。お前に潜入してもらうのは、グルア監獄だ」

「は？」

予想もしていなかった場所に、クロラは眼が点になる。〝軍人の墓場〟として悪名を馳《は》せるグルア監獄に、まさか潜入を命じられる日が来ようとは。

「あそこって、軍本部の管轄ですよね？」

「そうだ」

「内部調査ですか？　え、でも、うちとなんの関係が？」

クロラの任務は、あくまでも第六連隊の管轄内に限られていた。しかし、グルア監獄は明らかに管轄外だ。

「お前が任務に就いている間に、面倒な問題が起こった」

ディエゴは忌々《いまいま》しげに顔を顰《しか》めた。この男が内心の苛立《いらだ》ちを露《あら》わにして、〝面倒な〟と言うのだからよほどのことだ。

「……できれば、聞きたくないんですが。っていうか、このまま帰りたい」

「お前に拒否権があるのか？」

「ないです」

ディエゴは多額の借金を肩代わりしてくれた恩人だ。その際、借金を完済するまでなんでもやります、という誓約書に署名させられようとも。

自分は悪魔に魂《たましい》を売り渡したのだ。クロラは達観した眼差《まなざ》しを浮かべた。

「なら、黙って話を聞け。三ヶ国平和条約が締結されて以来、改革派が軍の縮小を訴え続けていることは知っているな？」

「あー、はい」

キールイナ大陸には、民主主義国家であるサライ国の他に、国王を頂点とする立憲君主制のゼダ王国、大小の島国からなるコルセルオ連合国がある。

長い歴史においてこの三ヶ国は、争い、同盟を結び、また争う、ということを繰り返してきた。それに終止符が打たれたのは二十年前。幾度《いくど》となく大戦が行われてきたアウリア平原の野営地にて、三ヶ国による平和条約が結ばれたのだ。

「今年は条約から二十年という節目の年でもある。それにかこつけて、軍事予算の引き下げと人員の削減を要求してきた」

「いつものことでしょう?」

サライの議会は保守派と改革派に分かれている。保守派は、サライ国の要《かなめ》ともいえる軍隊を弱体化させることは他国の増長を招きかねないと主張し、一歩も譲《ゆず》らない。

対して改革派は、軍事費を削減し国内の事業への投資に回すことで国益をあげ、軍事力ではなく経済力で他国と渡り合うべきだと主張している。

実際、サライ国の食糧自給率は低く、他国からの輸入に頼っているのが現状である。穀物を育てようにも土質が悪いのだ。

代わりに、沿岸部では漁業が、山間部では林業と牧畜が盛んではあるが、国全体を潤《うるお》すほどの収益に繋げるのは難しい。

唯一の希望は、鉄鋼業である。山間部の多いサライ国は、良質の鉄鉱石を産出することで有名で、他国の商人たちがわざわざ買いつけにくるほどだ。しかし、歳入の大半を軍費に取られ鉱山開発に予算がまわせていない。

改革派の議員たちが、軍事費の引き下げと同時に、人員の削減も主張する理由はそこにある。軍から追い出された者を、鉄鋼業に回そうと考えているのだ。

「声をあげているだけでは、埒《らち》が明かないと思ったのだろうな。軍事費の内訳を公表しろと迫ってきた」

「言い出しそうな話ですね。で、まさか馬鹿正直に見せたんですか」

「軍事機密に当たると突っぱねた。だが、面倒なことに、割り当ての記載された書類が流出した」

「それはまた、最悪な形で知られたもんですね」

「まったくだ」

軍といえど一枚岩ではない。特に金銭が絡《から》めば、心を動かされる者も出るだろう。機密書類とはいえ一部だけならば、と金に動かされる者もいるわけだ。

「その中でも、過剰な配分を受けていると糾弾《きゅうだん》されたのが、〝グルア監獄〟だ」

通常の――グルア監獄以外の刑務所は、国が運営、管理する。しかし、収容犯の大半を元軍人が占めるグルア監獄だけは、特別刑務所として軍の管轄下にあり、運営費も軍費から賄《まかな》われていた。

「連隊長はその配分を知らなかったんですか?」

案の定、ディエゴは渋い表情で頷《うなず》いた。

「この席に座った時には、気付いていた。だが、あまりにもあからさますぎる。グルア監獄への不当な配分は、十数年も前から続いていたのだからな。表立った糾弾や調査は避け、しばらくは静観を続けた」

「連隊長の他にも、不審を抱いた者がいそうなもんですけど」

「公式記録には残っていないが、上申書を提出した者もいたようだ。しかし、グルアへの配分が見直されることはなかった」

「――つまり誰かが揉《も》み消《け》し続けた、と?」

「歴代の元帥閣下らが、だ」

そんな馬鹿な、という言葉をクロラは呑み込んだ。ディエゴは憶測でものを言う人間ではない。じょじょにきな臭くなっていく話に、自然とクロラの口元も強張《こわば》った。

「元帥《げんすい》はここ十数年で、少なくとも三度は代替わりしている。その全員が、グルア監獄への不当な配分を申し送りしていた」

「目的は横領ですかね?」

クロラは思いついた単語を口にしてみた。軍では横領で捕まる者が跡を絶たない。軍人として鍛《きた》えあげられた心も、金銭の甘い誘惑には勝てないのだ。

「わからん。だが、それならばもっとうまいやりようがある。同じ軍内部よりも、外部への発注に見せかけて金銭を動かした方が疑われず、実入りもいい」

「目的は他にあると？」

「ここで答えを出すのは早い。幸いにも流出したのは、昨年度の予算だけだ」

今頃、首都の軍本部は証拠隠滅に大わらわだろう。これが一昔前ならば、軍も強引に騒ぎを鎮静化させただろう。議会も口を挟めるほどの権限を持ち合わせてはいなかった。しかし、三国による平和条約の締結により、軍部の発言権は眼に見えて弱まった。代わりに台頭したのが議会である。

「それで、なぜ俺をグルアに？」

「グルア監獄への不当な配分の理由を探れ。それが見直されるものなら問題はないが、このままずるずると続くようならば話は別だ。いずれ私が実権を握った際の、枷《かせ》になるからな」

問題が発覚すれば、誰かしらが責任を問われる。知らなかった、では済まされない。知らなかったこと自体が罪なのだ。ならば、自分に被害が及ばないうちに処理してしまった方がいい。そのためには、隠匿《いんとく》された情報が必要だ。

「わかりました。資料をもらえますか。できれば、流出したという予算配分の資料も見せていただけるとありがたいんですがね」

「必要ない」

「は？」

「余計な知識は不要だ」

「……まじですか」

「それくらい徹底しなければ、あいつには通用しない」

苦虫を噛《か》み潰《つぶ》したような表情に、クロラは内心で首を傾げた。内面を見せることを嫌うディエゴが、ここまで感情を表に出すのは珍しい。

「グルア監獄の所長は、一筋縄ではいかない。まず、お前は初年兵教育を終えたばかりの兵卒として第四部隊に配属される。そこで上官の不興を買ってグルア行きを命じられる。年齢も見合ったものにしろ。その外見で少尉では違和感がありすぎるからな」

クロラは己の外見を思い、苦笑した。今年で二十二歳になるが、クロラの見た目は十五、六ほどである。言動を意識すれば、十三、四でも通用するだろう。

理由は不明だ。もちろん医者に調べてもらったこともあるが、異常は見当たらない、とのこと。種族的な問題が関係しているのかもしれない、と医者はクロラの外見を指摘しながら告げた。

クロラの父親はサライ人ではない。他国の者だとしか聞かされていなかったが、どうやら、外見はそちらの血を色濃く受け継いでしまったようだ。

「新兵の件はわかりました。でも、本名を使う必要がありますかね？」

「お前が今までに使用した偽名は危険だ。報告書の中で、一般人として記載されているものもある。少しの疑惑も与えたくはない」

「そうなると、使えそうなのは本名しかないってことですか」

偽名で過ごすには危険を伴う。体に馴染ませるためには、それなりの時間が必要だ。その猶予が、今回はない。

「なるほど。しかし、リル姓は珍しいですよ。祖父との関係性を疑われるのでは？」

クロラの祖父、ニルス・リルもまた軍人だ。戦時中、英雄と呼ばれるにふさわしい功績をいくつも成《な》し遂《と》げた人物でもある。そして、ディエゴとの親交の深さは、古参の者であれば誰もが知るところ。背後関係を邪推されないとも限らない。

「少しは頭を働かせろ。英雄の血筋が、上官の不興を買ったくらいで軍人の墓場行きになると思うか？」

　その英雄の孫は現在、借金に首までつかり悪魔の手先として働いているわけだが、普通に考えればあり得ないということくらいはわかる。ものすごく反論したいが。

「ニルス少将の孫は今年で二十二歳。多少疑ったとしても、明らかに見た目と釣り合わないから突っぱねられるだろうよ。あと、特別手当は今までの倍を出してやる」

　思わずクロラは身を乗り出した。倍——なんという魅惑的な響きだろうか。むろん成功報酬ではあるが、俄然《がぜん》、やる気が漲《みなぎ》ってきた。

「ところで、〝あいつ〟とは、誰です？」

　ディエゴがここまで警戒する相手というのも珍しい。湧きあがる好奇心を抑え切れず、クロラは訊ねた。ディエゴはやはり、不機嫌な表情で告げる。

「セルバルア・ゼータだ」

　軍の要人は覚えるようにしているが、告げられた名前に聞き覚えはなかった。問うように見つめていれば、ディエゴは渋々と口を開く。

「士官学校で一緒だった。あちらの方が二学年上になる」

「仲が悪かった、とか」

「…………」

　返ってきたのは沈黙と、斬《き》りつけるような眼差しだった。どうやら、部下には聞かせたくない因縁があるらしい。

「ちょうど一週間後に、第四部隊に新兵の補充がある。そこにお前の書類を紛《まぎ》れ込《こ》ませておいた。その二週間後には、グルア監獄行きを命じられる。すでに根回しも済ませた」

「報告はどのように？」

　孤島では、直接に会うのは難しい。人を介しての伝言か、暗号にして手紙を送るかの二択くらいか。

「近くの街の〝シエロ〟という店に、密偵を潜り込ませてある。名前は〝レイラ〟だ。それが伝言を預かる。任務期間は半年。有益な情報が得られなかった場合は、次の手を考える」

「わかりました」

「目立たないのが潜入の基本だが、今回は能力を惜しむな。出し惜しみは、逆にあいつの不審を買う──心して掛かれ」

「はッ！」

クロラはソファーから立ち上がり敬礼した。


それからの日々はあっという間に過ぎた。新兵として配属された先で、指示された通り上官の意に背き不興を買う。あとはただ待っているだけで、数日後にはグルア監獄への転属通知が手渡された。

荷物を抱えたクロラが乗り込んだのは、月に一度、グルア監獄島に向けて出航する貨物船だ。罪人の護送すら、貨物船で行っているというのだから驚くべきことである。

クロラは命綱を握り締めながら、改めて島を眺めた。今までも幾度となく危ない橋を渡ってきた。しかし、軍内部への潜入はこれが初めての経験である。一般人を相手にするのとはわけが違う。

「接岸するぞー！」

船乗りの声が甲板に響く。ここまで来たからには、もう後戻りはできない。

──成功したら、特別手当は倍。

なにがなんでもやってやる。クロラは挑むように、島の岸壁に聳え建つグルア監獄を見据えたのだった。

第一章

船上から見た時は大時化《おおしけ》だったが、島に上陸する頃には垂《た》れ込《こ》めていた暗雲は姿を消し、嘘《うそ》のように晴れ渡った空が広がっていた。

船員曰《いわ》く、この辺りは特に天候の移り変わりが激しいらしい。晴れだと思って船を出した途端、土砂降りの雨に見舞われることも少なくないとか。給料がよくなけりゃ、こんな仕事は断ってるよ、と彼らは笑っていた。その気持ちはよくわかる。

グルア監獄島は、瓢簞《ひょうたん》のような地形をしている。監獄があるのは瓢簞の口がある部分で、下は住人たちが暮らす街となっている。港があるのは、くびれのある胴のところだ。そこは入り江となっていて、島の周囲に比べると波も穏やかである。

桟橋《さんばし》を渡ると、岸壁の上に真っ白い建物が見えた。その周囲をくすんだ灰色の外壁が取り囲み、さらに脱獄防止のための鉄線が張り巡らされている。あれがグルア監獄か。

「お世話になりました」

「おう。お前さんも気を落とさずに頑張れよ」

地道に努力してりゃ、いつか報われるさと、気のよさそうな船長はクロラの背中を叩いた。

「そうですね」

波が穏やかな時を見計らって、クロラは船員たちから不審に思われない程度に島の情報を仕入れ、同時に自分がグルア監獄へ配属になった経緯も、それとなく話した。

そこでわかったことだが、上官の嫉《そね》み、もしくは不興を買って島流しに、というのはあまり珍しい話ではないらしい。

「三ヶ月前にも一人、似たような事情の兄ちゃんを島に運んでやったよ。士官学校を出たばっかりだってのに、とんだ災難だよな」と、船長は同情混じりに語っていた。

クロラは荷物の入った鞄《かばん》を肩にかけ歩き出した。持ち物は必要最低限だ。街で買い揃える際に色々と見て回れるし、伝達役のいる店にも入りやすい。

「あれは……」

足を止めて、クロラは目の前の光景に見入った。切り立った岸壁には、石を削って造られた階段があった。それは岩肌を螺旋《らせん》状に這《は》うようにして、白い建物へと続いている。するとクロラの視線に気付いた船長が口を開いた。

「囚人《しゅうじん》用の通路だ。監獄への近道だが、危ないから遠回りでもあっちの道がいいぞ」

「確かに傾斜がすごそうですね。手摺《てすり》もありませんし……」

「逃亡防止になっていいんじゃないか？　もっとも、ここまで来て逃げようって強者《つわもの》はいなかったがな」

足をすべらせて落ちる場合もありそうだが、相手が囚人なので、安全面は考慮されていないらしい。この階段を登らせることで、いかに脱獄不可能なのかを見せつける意味合いも含まれていそうだ。見ているだけでも背筋がひやりとする。

船長たちに別れを告げたクロラは、教えられた通り、島の隆起に沿って舗装《ほそう》された道を登っていく。黙々と歩いていくと、やがて馬車が通れるくらいの道へと辿《たど》り着《つ》いた。右手にはグルア監獄が、左手には街が見える。

監獄のある丘から街までは緩やかな下り坂となっており、クロラが立つ場所からは島の半分を望むことができた。

「……これだけを見れば、のどかな風景なんだけどな」

船員たちから聞いた話では、グルア監獄島の住人は、なんらかの事情で本土にいられなくなった者、もしくはその子孫たちなのだという。中には出所した囚人が、そのまま居着く場合もあるそうだ。確かに、そうでもなければ、辺鄙《へんぴ》な孤島、それも監獄の傍に住みたがるわけがない。

クロラは荷物を抱え直し、監獄へと続く坂を登り始めた。

グルア監獄の通用門には、誰の姿もなかった。刑務所の出入り口に見張りが立っていないなどというあり得ない事態に、クロラは茫然《ぼうぜん》とする。辺りを見回すと、堅く閉じた門の脇に拳大《こぶしだい》ほどの鐘《かね》がぶら下げてあった。まさか、これを鳴らせとでもいうのか。

外套を脱ぎ、荷物を足下に置いてから、じっとそれを見つめる。

「一応、鳴らしてみるか……」

鐘の横にぶら下がっている金槌《かなづち》で、まずは軽く叩いてみる。意外と大きな音が響いた。しかし、人が来る気配はない。

今度は、先ほどより強めに叩いてみる。やはり誰も来ない。続いて連打。もはや島中に響いているのではないかという勢いで鐘を鳴らしていると、ようやくここで人の声が聞こえた。

「一回鳴らせばわかるっての！　ガンガンガンガンうるせぇんだよ！」

通用門から顔を出したのは、二十歳前後の青年だった。

外見は、サライ人特有の黒い髪に黒い瞳。上背はクロラよりも頭一つ分ほど高い。容姿は整っているが、吊《つ》り上《あ》がった目元のせいで気の強そうな印象が先に立っている。

春先の肌寒い日が続く中、青年は暑そうに兵卒専用の、軍装の袖《そで》を捲《まく》りあげていた。服装の着崩しは処罰の対象なのだが……。

「明日付けでグルア監獄に配属となる、クロラ・リ

ル一等兵です」

潜入調査の際は、いつもその場に応じた人格を演じている。無口ですれていたり、愛嬌《あいきょう》があって人懐っこかったり、人見知りの泣き虫だったり。

今回の任務では、真面目《まじめ》であるが故《ゆえ》に、不運な目に遭《あ》った新兵という設定に沿った人格を作りあげた。従順で、まだ軍生活に慣れきっていない。性格は前向きで、気配りも上手――。己を偽《いつわ》ることには慣れているため、会話や動作も澱《よど》みはない。

背筋を伸ばして敬礼すれば、一瞬ではあったが、青年の眼に戸惑《とまど》いの色が走った。クロラの外見は珍しい。嫌悪や侮蔑《ぶべつ》の表情を向けられなかっただけ、ましと言える。

「……真っ白だな」

「父親がコルセルオの生まれでして」

キールイナ大陸の南方に位置するコルセルオは、四つの島国と十の部族からなる連合国家だ。政治の形態もそれぞれの国や部族で異なるため、連合国内同士の争いも絶えない。

コルセルオでは、クロラのような外見は珍しいものではない。もともと多種族からなる連合国家のためか、他種族への偏見《へんけん》も少なく、三ヶ国平和条約が結ばれてからはサライ国への移民も数を増した。父親がコルセルオの出だと言えば、たいていは納得してくれる。

「ああ、じろじろ見て悪かったな。俺は種族で差別する気はないから。安心しろよ」

「ありがとうございます」

条約が結ばれる前と比べ、他国からの移住者への風当たりは弱まった。しかし、一部の頭の固い人間――特に権力を持つ者たち――は変化をよしとはせず、特に保守的な体制を重んじる軍では排斥される傾向にあった。

青年のように、内心はわからないが、表面上だけでも許容的な態度を取ってくれる相手はありがたい。

「俺はセリオ・アバルカス。少尉だ」

「これからお世話になります。監獄に着いたら所長室へ行くよう言われているので、場所を教えていただけませんか？」

「説明は面倒だから、所長室まで案内してやるよ」

その申し出にクロラは困惑した。アバルカスはどう見ても勤務中だ。一時的に持ち場を離れたこと自体、褒《ほ》められたものでもないし、さらに所長室への案内を買って出るなど、規則を無視するにもほどがある。

第一、本来は挨拶《あいさつ》を交わす前に、辞令と身分証明書の提示を求め、クロラ・リル本人であると確認すべきだ。確かにクロラは外套の下に軍服を着ている。一等兵であるとも名乗った。しかし、それだけで軍施設に入れていいはずがない。

軍関連の施設においては、どこでも似たようなやりとりが義務付けられている。それが省略されるなど、あってはならないことだし、万が一、怠《おこた》った場合は厳罰《げんばつ》に処されてしかるべきだった――クロラのこれまでの認識では。

「いえ、場所さえ教えていただければ……」

「ちょうど暇だったからな、気にすんなって」

相手の信じられない補足に、クロラは頬《ほお》を引《ひ》き攣《つ》らせた。

だが、クロラ・リル一等兵はアバルカス少尉より下の立場になる。縦社会である軍隊において、階級ほど重要視されるものはない。たった一つ違うだけでも雲泥の差なのだ。

ディエゴから「軍の作法を学んで来い」と、国境近くの軍事基地に放り込まれたクロラは、嫌というほど規律を体に叩き込まれた。期間は二年。まさに地獄《じごく》の日々だった。

「少尉殿のお手を煩《わずら》わせるわけには……」

「固い奴《やつ》だな。気にすんなよ」

気にするに決まってるだろ、と内心で毒づいた。

もしも他の兵士に見咎《みとが》められたら、処罰されるのはアバルカスだけではない。クロラも連帯責任を取らされる。配属されたばかりの新兵だからといって、お目こぼしはないのだ。むしろ新人だからこそ、戒《いまし》められる可能性が高い。

「ですが、ここの警備をなさっているのではありませんか？」

やんわりと問題点を指摘する。持ち場から離れんじゃねーよ、と心の中で付け足す。しかし、返ってきたのは予想もしていなかった言葉だった。

「通用門はいつも無人だけど？」

「…………来客があった場合は、どうするのでしょうか」

「だから、これがあるんだろ」

アバルカスが指差すのは、通用門脇にぶら下げられた鐘である。

「俺も初めての時は驚いたけどな。滅多なことじゃ来客もないし、人を置いとくだけ無駄《むだ》だろ」

アバルカスはきっぱりと言い切った。ここは本土から切り離された孤島。島への上陸方法が限られているため、侵入者、もしくは脱獄者への対策がなおざりになっていてもしかたがないのかもしれない。もっとも、査察が入れば真っ先に指摘されるだろうが。

「じゃあ、さっさと行こうぜ」

「辞令と身分証明書の確認は……」

「本棟でやってるよ」

今やれよ、今。クロラは指摘したい気持ちをぐっと堪えた。通用門に警備兵を置かないとなれば、他の兵士たちも、そういった一連のやりとりが省略されている可能性もあった。ならば、ここは食い下がらずに頷いておくのが得策か。

悩んだのは一瞬。相手の階級が上だった時点で、クロラに選択の余地はない。「よろしくお願いいたします」と、頭を下げた。

「中は迷路みたいだからな。迷うんじゃねぇぞ」

「はい」

頷き、クロラは頭を切り換えた。これから向かうのは、今後も滅多なことでは足を踏《ふ》み入《い》れられない所長室だ。できうる限りの情報を記憶する必要があった。

しかし、事前の調査を禁じられたのは痛い。せめて監獄内の見取り図くらいは手に入れておきたかった。それを一から作るなど、想像するだけでうんざりだ。

そんなクロラの内心など知らず、アバルカスは歩きながら辺りの建物の説明を始める。

「この建物が本棟な。所長室や会議室、あとは、事務関係の部屋が入ってる。入口はあそこだ」

通用門を入って少し歩くと、本棟の玄関口が見えてきた。

建築方法は、本土の基地で見られる建物とほぼ同じだ。ただ、真っ白な壁には、ところどころに独自の文様が浮き出ていた。貝殻だ。似たような色の貝殻を砕いて漆喰《しっくい》に混ぜたのだろう。海沿いの地域によく見られる技法である。

本棟の一階部分には、窓がなかった。真っ白な壁が塀のように続いている。二階、三階には小さめの窓が造られていた。どちらも銃撃対策だ。侵入のための足を掛けられそうな出っ張りもなく、窓ガラスも通常より頑丈《がんじょう》なものが使われている。

受付にはくたびれた顔の中年男性が座っていた。しかし、アバルカスを一瞥《いちべつ》しただけで、咎める様子はない。軍服の襟につけられた階級章は、軍曹を示すものだった。

「辞令と身分証明書を提示しろ」

「はい」

クロラは準備していた書類を手渡した。下士官は億劫《おっくう》そうに数枚の紙を確認し始める。クロラは隣に立つアバルカスを横目で窺《うかが》った。彼は入館手続きの紙に署名しているところだった。

氏名、階級、所属、入館の理由など複数の項目が並んでいる。〝新兵を所長室まで案内するため〟と、平然とした顔で綴《つづ》っていくアバルカスに、また口元が引き攣りそうになる。それは本来ならば下士官の仕事だ。

しかし、書類を確認して判を捺した下士官は、何事もなかったかのように、「入れ」と告げた。本当にいいのか、と問い詰めたくなる気持ちを必死に堪えた。

「あ、荷物はここに置かせてもらえよ」

「はい。預かっていただいても、よろしいでしょうか?」

訊ねれば、無言で片手を差し出された。もちろん中を見られても困るものは入っていないので、躊躇《ためら》いなく荷物を手渡す。持参した暗器は一見してそうとはわからない仕様となっているため心配はない。

「じゃ、行くか。所長室は三階だ」

アバルカスは慣れた動作で館内を歩いていく。

「少尉殿はここに来て長いのですか?」

「俺か? 三ヶ月前に配属になったばかりだ」

船長が言っていた〝士官学校出の、似たような兄ちゃん〟というのは、彼のことだったらしい。

国軍への入隊可能年齢は十六歳だが、士官学校を経ると十八歳からの入隊となる。士官学校の最終課程として軍に配属される際も、通常の初年兵教育中の二等兵ではなく下士官待遇で、一年間の教育期間がなにごともなく終われば少尉から出発できる。いわゆる幹部候補生だ。

むろん、誰もが士官学校に入れるわけではない。幸運にあずかることができるのは、ほんの一握り。〝金持ち〟と呼ばれる人種や親族に士官がいる者たちだ。

けっ、金持ちの小倅《こせがれ》め、という妬《ねた》みが滲《にじ》み出《で》ないように、できるだけ従順そうな口調と態度を心がける。

しかし、士官学校出身というのは少しばかり気に掛かる。幹部候補生が軍人の墓場行きを命じられるのは、異例中の異例だ。先ほどのような軍紀違反を繰り返したとしても、この結果はあまりにも極端すぎる。

　そもそも士官学校に入学できるような身分なのだから、多少の不祥事は実家、もしくは親戚が揉み消しそうなものだ。

　考えられるのは、圧力が効かないくらい階級の高い上官の不興を買ってしまった、もしくは、あまりの軍記違反に実家や親戚がアバルカスを見放してしまった、といったところか。

　疑問を解消しようと開きかけた口を、クロラはとっさに手のひらで覆った。

　無意識に情報を集めようとするのは、自分の悪い癖《くせ》だ。特に今回の任務では、事前に戦う準備がなにもできなかった。手探りで進むしかない中で、不安からいつもより注意力が散漫になっているらしい。些細《ささい》な失敗も命取りになる可能性がある。クロラは己を戒めた。

「ところで、お前はなにをやらかしたんだ？」

「ええと、色々ありまして……」

　曖昧《あいまい》に笑い、クロラは返答を避けた。グルア監獄行きは、軍人として恥ずべきことだ。ほいほいと理由を口にするのはおかしい。アバルカスが正直に答えろと命令でもしてこない限り、ここで己の情報をさらす必要はない。幸いにもアバルカスは気を遣ったのか、もしくは単にさほど興味がなかったのか、それ以上、訊ねてくることはなかった。

　二階へと上がったあと、長い廊下を進む。アバルカスが迷わずに向かったのは一番奥の階段だった。上へと続く階段はそれ以外にも二箇所あったが、所長室へと続くものは一つしかないとのこと。

　様々な事態を見据えての設計だ。どの基地も本棟だけは攻めがたく、守りやすい構造になっている。

「あそこが所長室だ」

　階段をのぼりきると、正面に一つ、そして左右にも一つずつ、立派な両開きの扉があった。アバルカスが指差したのは、正面の扉である。

「左は秘書室で、右は入ったことがないからわかんねぇ」

「ご案内、ありがとうございました」

「おう。所長は変態……じゃなくて、ちょっと変な人だけど、頑張れよ」

聞く者が聞けば――いや、誰が聞いても上官に対する不敬罪で咎められる発言だ。

クロラは精一杯の笑みを浮かべて、必死に聞き流す。もしもクロラの階級が本来のものであったならば、たしなめるくらいはしていた。

アバルカスは励《はげ》ますようにクロラの肩を叩くと、軽快な足取りで階段を降りていった。しばらく耳を澄《す》ませていると、すぐ近くの階段を登っていく足音が聞こえる。

まっすぐ本棟を出ると思いきや、他所に向かったらしい。入館手続きが必要な場所で、いったいなにをするつもりなのか。

「同業者か……？」

頼んでもいないのに館内の案内を買って出たのは、内部の偵察が目的だとすれば納得はいく。板についていたあの態度がここに潜り込むための演技だとしたら、密偵としては優秀なのかもしれない。

「いや、それにしては杜撰《ずさん》すぎるか」

館内は複雑だったが、この程度であれば口頭での説明でも事足りる。クロラでなくとも、疑り深い性格の人間ならば、なにか別の思惑《おもわく》があったのではと考えそうだ。

――なにはともあれ、警戒するに越したことはない。

情報不足のこの段階で、判断を下すのは早計すぎる。まずはグルア監獄の内状を探る方が先決だ。クロラは、所長室の扉を叩いた。すぐに「入れ」という男性の声が響く。

「失礼します。明日付けで配属になります、クロラ・リル一等兵です」

室内に入ると同時に、クロラは素早く敬礼した。執務机に向かい、手元の書類に視線を落としていた人物がゆっくりと顔をあげる。

癖のある黒髪を無造作に一括《ひとくく》りにし、前髪は辛《かろ》うじて眼が見えるかどうかという長さで揃えられている。それでも〝美形〟だとわかるあたり、身嗜《みだしな》みを調えればもっと人目を引くだろう。佐官用の軍装は離れていてもわかるほど皺《しわ》が寄っている。一応、仕事をしているようだが、見た目からどうしても物《もの》臭《ぐさ》な印象を抱かずにはいられなかった。

「ああ、新しい子だね」

深みのある声に、クロラは敬礼しながら内心で困惑する。

グルア監獄所長は、ディエゴよりも二歳年上だと聞いていた。つまり四十三歳でなければならない。しかし、所長席と思われる椅子に座る彼は、どう見ても二十代後半、どう多めに見ても三十代前半である。

アバルカスが案内する部屋を間違えたのではないか、と疑いたくなる。

「ようこそ、グルア監獄へ。私は所長のセルバルア・ゼータだ」

クロラはそうそうに音をあげたくなった。事前に情報の収集を禁じられるのは初めてで、知らないということがここまで苦痛だとは思ってもみなかった。

――自分は新兵だ。

クロラは己に言い聞かせた。監獄の所長ともなれば、新兵にとって雲の上のような相手である。緊張していています、といった態度を前面に押し出した方がいい。事実、今までにない特殊な任務に緊張している。それを隠さずにさらけ出せ。

「そう畏《かしこ》まらなくてもいいよ」

くすり、とゼータが笑みを零《こぼ》した。彼の目に、自分はちゃんとした新兵と映っているだろうか。多少の不安は残るが、ゼータの言葉に従い肩から力を抜く。

そして、不審に思われない程度に、クロラは周囲を観察した。執務机の手前に来客用のソファーとテーブルがあり、壁際には本棚といくつかの観葉植物の鉢が置かれている。窓は東側に一つあるだけで、反対側には隣室へと続く内扉が見てとれた。

「所長室は珍しいのかい？」

「も、申しわけありません！」

「いや、怒ってるわけじゃないよ。ここに呼んだ兵士は、君のように緊張しながらもたいていは物珍しそうに辺りを観察するからね」

よし、及第点。ついでに少しだけ恥ずかしそうに視線を逸《そ》らしておく。

「ここまでは迷わずに来られたかな？」

「はい。アバルカス少尉殿に案内していただきました」

入館許可の書類は、いずれ所長の手元へと届く。隠し立てするようなことでもないので、クロラは正直に答えた。

「へぇ……。親切だね。わざわざ入館の手続きをしてまで案内してくれるなんて」

含みのある言い方だ。ゼータは面白がるように眼を細める。しかし、クロラの前でこれ以上、言及するつもりはないらしい。話題はすぐに変えられた。

「ところで、珍しい家名だね。もしかして、ニルス・リル少将と関係が？」

「よく訊かれますが、なんの関係もありません」

ゼータの手元にある書類には、クロラの家族構成も記されている。母子家庭に育ち、唯一の家族である母親の死をきっかけに軍に入隊。親戚はいるが疎《そ》遠《えん》である——。

ディエゴが用意してくれた自身にかんする書類の内容は、すべて頭に叩き込んである。

「だろうね。リル少将の血縁が、こんな場所に来るとも思えないから」

「所長は、かの有名な少将殿とは面識が？」

「士官学校の時に、ね」

祖父は昔、学校の理事長に懇願《こんがん》され、短い期間ではあったが講師を務めた経歴がある。ディエゴともその時に知り合ったそうだ。

「面白いことを教えてあげよう。その有名な少将殿の趣味は、〝園芸〟なんだよ」

嫌というほど知ってるよ、とクロラは表面上では驚き、内心で憎々しげに呟いた。

クロラの祖父である、ニルス・リルの趣味は園芸だ。育てるだけでは飽き足らず、花々の交配にまで手を出している。敷地の片隅に造られた庭は、今では温室を併設するほどに発展し、家屋を凌駕《りょうが》するほどの規模となっていた。

しかし、それが仇《あだ》となった。気付けば祖父は多額の借金を抱え、その返済のためにクロラはディエゴの下で密偵として働く羽目になったのだ。決意したのは自分だし、今も密偵となったことを後悔してはいない。ただ、帰省する度に増える、園芸用の機材に殺意を覚えるのもまた事実。

長年かけて蓄積した恨み辛《つら》みのせいで、うっかり淀《よど》んだ空気を漂わせかけたクロラは、それらのものを胸の奥に押し込め、笑顔でむりやり蓋《ふた》をした。

「初耳です」

「あまりにも現実味のない話だからね。噂《うわさ》にはなり難《にく》かったんだろう。まあ、仲間内ではよく話題に上っていたがね」

ゼータは懐古を滲ませた笑みを零した。見た目だけならば、温厚で無害そうな男性である。しかし、あのディエゴに苦手意識を植え付け、特別手当を倍にしても構わないと言わせるほどの相手なのだ。楽観視するつもりはないが、それでも油断は禁物だと、クロラは己を戒めた。

「さて、これから館内を案内させよう。勤務は明日からだが、今のうちに色々と見ておくのも勉強になるだろう」

「お気遣い、ありがとうございます」

しばらくすると、所長室の扉が叩かれた。姿を現したのは、四十代前半の大柄な男だった。短く刈りあげられた髪はくすんだ金色で、瞳の色も明るい茶色である。

額には大きな傷があったが、垂れ下がった目尻のおかげで威圧《いあつ》するような感じではない。軍服は尉官用で、捲りあげられた袖からは丸太のような腕が剥き出しになっていた。

クロラは内心で眉を寄せる。アバルカスもそうだが、軍装の着崩しはここでは処罰の対象にならないのか。所長の目の前でも咎められないところをみると、それは公然とまかり通っているようだ。

「サルバ・ラケール大尉だ。ここに慣れるまでの間は、彼が君の面倒を見ることになる。見た目はあれだが、困った時は頼りにするといい」

「さりげなく人の外見を貶《けな》すのは、止めてもらえませんかね」

「だったら、言われないように振る舞うといい。また勤務をさぼって煙草《たばこ》を吸っていたようだね」

確かに、ラケールが室内に入った途端、眼に染みるような匂《にお》いが漂った。直前まで相当の本数を吸っていたとみて間違いない。しかし、明らかな規律違反にもかかわらず、ゼータには咎めるつもりはないらしい。

「生憎《あいにく》と、煙草は嫁のようなもんで」

「さっさと離縁することだね」

「初めて出会った時から相思相愛なんですよ」

「へえ……。その割には給料日前には、愛妻の姿を見ないけど？」

「悲しいことに、世の中は金がすべてなんです」

「御託はどうでもいいよ。ラケールは勤務中の喫煙を控えるように。街には煙草の購入数を制限するように通達してあげるよ。あと、リル一等兵が困ってるからさっさと案内してあげなさい」

クロラの面前で、上官と部下とは思えないほど軽快なやりとりが交わされる。それなりに修羅場《しゅらば》を潜《くぐ》ってきたクロラも、これにはさすがに唖然《あぜん》とさせられた。

上官——それも、ここでは階級の頂点に当たる人物――相手にここまで軽口を叩けるとは、ラケールはそれだけゼータと親しい間柄《あいだがら》なのだろうか。むろん、個人的に親しい相手がいるのは不思議でもなんでもない。しかし、職務中はあくまでも上官と部下という態度を貫《つらぬ》くのが普通だ。

「職権濫用です」

「勤務中の喫煙行為に対する、正当な処罰だよ。誰も禁煙しろとは言っていないんだから、優しいものじゃないか」

言い訳しなきゃ見逃してあげたのにね、とゼータは意地の悪い笑みを浮かべた。そして、少しばかり不機嫌そうに指先で机を叩く。

「これ以上、口答えするようなら禁煙に減給も視野に入れるけど？」

「申しわけありませんでした！」

見事な敬礼を披露《ひろう》したラケールに、クロラは襟首を掴まれた。そのままものすごい勢いで廊下へと引き摺《ず》り出されてしまう。

「い、息が……！」

「おお、すまんすまん」

少しも悪いと思っていないような口調で、ラケールはクロラの頭を撫でた。

「しかし、ちっこいな」と、不愉快な呟きが頭上から響く。見た目への揶揄《やゆ》は慣れている。それに、六年前から成長を止めてしまった外見は、クロラにとって枷ではなく〝武器〟なのだ、とは思っているが、さすがに腹は立つ。

「今日からお世話になります、クロラ・リル一等兵です」

「おう。俺はサルバ・ラケールだ。階級は上だが、あんまかしこまるんじゃねぇぞ。訊きたいことがあったら、どんどん質問してこい」

「はい」

頷いたものの、クロラは内心で苦虫を嚙み潰していた。新人の面倒は階級の低い者――一等兵――がみるのが普通だ。どれだけ人手が足りなかったとしても、士官がその任に当たるわけがない。とすれば、新人兵を装った密偵への警戒――腕に覚えのある人物を傍につかせた、と考えるべきだ。

クロラは相手を観察する。先ほどの所長とのやりとりや、自分への態度を見る限りでは、階級による垣根をあまり感じさせない人物だ。軍人にしては珍しい。

もっともそれを言うならば、部下のさぼりを咎めない所長の方がもっと異質ではあるが。

「歩きながら話すぞ。リルはコルセルオ連合国の出身なのか?」

「国籍はサライです。父がコルセルオの出身だと聞いています。さすがにどの種族かまでは聞いてはいませんが……」

「そうか。俺は母親がゼダの出身でな」

階段を降りながら、ラケールは告げた。

キールイナ大陸にある三つの国、その最後の一つがゼダ王国である。民主主義国家であるサライとは対照的に、ゼダでは長きにわたり立憲君主制が続いている。

肥沃《ひよく》な大地に恵まれ、農業を中心に栄える大国だ。そして、サライが長年にわたり、領土を欲し続けた国でもある。もはや数えるのも馬鹿馬鹿しいほどの侵攻に、軍事力で劣るゼダが耐え続けたのは、二国の間に跨《また》がる峻険なアフレキア山脈のおかげだ。山越えに疲弊《ひへい》したサライ軍への急襲。または、堅牢な城塞《じょうさい》での籠城戦《ろうじょうせん》。その時々、手を替え品を替え、ゼダはサライ軍を消耗《しょうもう》させた。

ゼダが平和条約に調印したのは、サライが敵であると同時に、よい商売相手だったからだ。豊かな土地は、時として予想以上の収穫を生む。それは市場価格の低下にも繋がり、政府としても大きな悩みの種だった。

それを解消するのが、隣国サライである。コルセルオとも取引はあるが、サライへの輸出と比べれば微々たるもの。ゼダは積年の恨みよりも、利益を選んだのだ。

「俺を含め、ここには親や本人が他国の出って奴がいるから、今さら見た目でどうこう言う奴はいない。それにうちの所長様は、そういうのが大嫌いだからな」

「大尉殿の着任当時は、うるさく言われたのでしょうか？」

「三ヶ国平和条約が結ばれて、まだ間もない頃だったからな。思い出したくもねぇよ。まあ、それでもここは軍の肥溜《こえだ》めみたいなもんだ。誰もがなんからの問題を抱えてる。差別一つとっても、本土に比べりゃ生温《なまぬる》いさ」

なるほど、とクロラも態度には出さずに納得した。法律では、サライ国で暮らす人間には平等の権利が与えられている。

しかし現実は、純粋なサライ人と、他国の血を引く者とでは、職場での待遇や出世する速度に違いが生じる。理想と現実の差は、急激には縮まってはくれないのだ。

「言い忘れたが、本棟に入る時は手続きが必要だ。面倒だからって、勝手に入るんじゃねぇぞ」

「わかりました」

そういえば、アバルカスはまだ本棟をうろついているのか。さすがに人の気配には注意を払っているだろうが、うっかり出会ってしまったら眼も当てられない。

「こっちに来い。まずはこっから見てみた方がわかりやすいだろ」

ラケールに手招きされ、クロラは二階廊下の窓際へ向かう。本棟自体が丘の上に建てられているせいで、監獄全体を見渡すことができた。

「まず、ここの敷地は上から見ると扇形になってる。目の前は運動場。その奥にある馬鹿でっかい建物が監房棟だ。今は、二百人ほどの囚人が収監されてる。その裏手には牛小屋や畑があるんだが、ここからは監房棟が邪魔で見えねぇな」

眼下に広がるのは、整地された運動場だ。その周囲をぐるりと鉄線が囲んでいる。ちょうど囚人たちが運動しているところで、二十名ほどの男たちが思い思いに体を動かしていた。

説明を聞きながら眼で追っていると、集団の隅に見覚えのある顔を見つけた。

「あ」

「どうかしたのか？」

「いいえ、なんでもありません」

曖昧に笑って誤魔化す。改めて運動場へ視線を向けると、片腕をあげて大声を張り上げているアバルカスの姿があった。どうやら、試合に興じている囚人たちを応援しているらしい。

どこが暇なんだよ、とクロラは内心で悪態をついた。思いっ切り勤務中ではないか。運動場ではアバルカスの他に、二十代後半の男性兵が二人、監視に当たっていた。

「監視は三人で行うものなんですか？」

「いや、第一監房棟は囚人を外に出す場合、見張りは四人だ」

「……一人足りませんね」

「今、反省室に入れられててなぁ」

だったら監視を補充すべきかとも思ったが、クロラは「そうですか」と頷いただけだった。上官であるラケールが問題ないというならば、クロラが口出しすることはできない。

「反省室行きにはなるなよ。飯はまずいし、冬場だったら凍え死ぬ。なにより教育係である俺の失点にもなるからな」

「はい」

素直に頷けば、ラケールはにやにやと締まりのない笑みを浮かべ、軽い口調で告げた。

「もっとも、うちに規則はあってないようなもんだ。所長様の逆鱗《げきりん》に触れない限り、問題はないさ。囚人も俺たちものびのび暮らしてる」

まだ監獄内を見て回ったわけではないが、本土での噂とはだいぶ印象が違う。

グルア監獄は軍の問題児、もしくは上官の不興を買った不幸な人間が行き着く場所だ。多々ある噂からも、もっと荒《すさ》んだ雰囲気を想像していたのだが、ラケールの言葉と眼前の光景はそれを裏切っていた。

「反省室行きになった方は、どのような違反を犯したのですか？」

「窓ガラスを五枚割った。あと、所長が気に入っていた花瓶も。花瓶がなかったらな。いつもと同じ給料天引きだけで済んだのによ」

〝いつも〟という言葉が引っ掛かった。とりあえず、窓ガラスを割った程度では反省室行きにはならない。だが、懐は寂《さび》しくなる。とだけ覚えておこうとクロラは決めた。明らかに軍の規律を逸していているが。

「よし、次は外に行くか」

「あ、その前に兵舎を教えていただけますか？　受付に荷物を預けているので」

「あー……兵舎か」


ラケールはなぜか言い淀んだ。無精髭《ぶしょうひげ》の残るあごを片手で撫で、「いや、いずれは通らなきゃならんことだ」と己に言い聞かせるように呟く。なぜか、その表情は暗い。

「大尉殿？」

「ああ、こっちの話だ」

見るからに怪《あや》しいが、ラケールがさっさと歩き出したのでわけを訊ねることはできなかった。しかし、謎は兵舎に着いてすぐに明かされることとなる。


グルア監獄の兵舎は、男子寮と女子寮に分かれていた。男子寮は最大で百人が寝起きできる広さがあり、共同の風呂、便所、娯楽室《ごらくしつ》が完備されている。

基本的に兵卒は二人部屋で、それ以外は一人部屋。詳しい規則は同室者に訊け、とラケールは言った。だが、そんなラケールの説明も、茫然とするクロラの耳には届かない。

兵舎の外見は普通だった。二階建てで、本棟同様、壁の材料として砕かれた貝殻が使われていること以外、これといって特筆するものもない。問題は中だ。玄関から一歩、足を踏み入れた瞬間、一言では言い表せない強い刺激臭がクロラを襲った。

続いてクロラが唖然としたのは、玄関付近に転がる私物の数々だ。明らかに複数回着用したであろう薄汚れた衣類の山に、淫《みだ》らな格好の女性が描かれた不健全雑誌の束。食べかけというか、腐りかけのお菓子が入った箱。黴が生え変色している、昔は食べ物だったなにか。中には一見して用途不明のものまである。

その真ん中を、辛うじて人一人が歩けそうな獣《けもの》道《みち》が通っていた。

「……大尉殿。ここは」

「兵舎だ」

「いえ、でも……」

「表の表札にも、〝男子寮〟とあっただろ」

「はい……」

「理解したならよろしい」

今まで潜入してきた先でも、衛生的に顔を顰めたくなるような場所はあった。

しかし、一定の生活水準に達している場所で、ここまで酷《ひど》いものは一度としてお目にかかったことはない。クロラは縋《すが》る思いでラケールを見上げた。

「本当に、ここで生活しているんですか？」

「我慢できない奴は、寮を出て街に部屋を借りてるよ」

確かに、これでは金がかかっても清潔な部屋を選ぶ者の気持ちもわかる。夏ともなれば悪臭ですごいことになるだろう。考えるだけで気が遠くなりそうだ。

「あり得ない……」

クロラは茫然と呟いた。軍の厳しい規則は、私生活にも及ぶ。生活の乱れは心身の乱れということで、新兵はまず先任者から徹底的に掃除を叩き込まれる。

クロラも二年間かけて、みっちりと仕込まれたものだ。

当然、グルア監獄に勤務する者たちも、ここに転属される前に、似たような経験を積んできているはずである。しかし、目の前の悪夢のような光景は、それを見事に裏切っていた。

「どうして、こんなことに……」

「面倒臭がりが多いんだよ。部屋に置いとくと臭うから、廊下に出したっていうのが真相だ。単純明快だろ」

「ですが……規律では」

「そんなもん、ここではあってないようなもんだ」

現実はこうだ、とラケールは肩を竦《すく》めてみせる。

どうやら、どれほど否定しても、目の前の光景を受け入れる以外に手はないようだ。

「掃除すればよいのでは？」

「まあ、過去には果敢《かかん》な者もいた。でもよ、さっきも言った通り、面倒臭がりが多いんだよ。きれいになった端からまたゴミを放り投げるし、なにより勝手に物を捨てられたことに腹を立てる奴もいてな。結局、この有様だ」

「大尉殿もこの兵舎に？」

「馬鹿言うな。俺は正常な感覚の持ち主だ。街で暮らしているに決まってるだろ」

逃げやがったなこいつ、とクロラは口元を引き攣らせた。

大尉の給料であればそれも可能だが、一等兵であるクロラには夢のまた夢だ。せめて少尉として配属されれば、ラケールのように街で暮らすこともできたのに。

「檻《おり》の中で暮らしてる奴らの方が、まだまともな生活を送ってるな」

「そうですか……」

「そんなリルに上官からの贈り物だ。耐えきれなくなったら、これを使え」

憐憫《れんびん》の眼差しとともに手渡されたのは、洗濯挟みだった。これで鼻を摘《つま》めというのか。不敬とわかっていても、批難的な眼差しを送らずにはいられない。

「夏になったら、外で寝るという方法もある。運動場脇の草むらはお勧めだ。蚊除《よ》けの煙り草は街に売ってるから、給料に余裕があるうちに買っとけよ。ないと悲惨《ひさん》だからな」

「ご忠告ありがとうございます」

「お前の部屋は、二十六号室だ。同室者は、レジェス・ハイメ一等兵。所属は第一監房棟になる。寡黙《かもく》だが、気のいい奴だぞ」

「……では、荷物を置いてきます」

意を決してクロラは突入した。見てはいけないと思いつつも、恐いもの見たさでついつい周囲に視線を向けてしまう。

なぜ、廊下に木彫《きぼ》りの獅子《しし》が置いてあるのか。鋭い牙《きば》を覗《のぞ》かせる彼は、汚れ物に埋もれているせいでもの悲しい雰囲気を漂わせている。

他にも、虫食いだらけの犬のぬいぐるみや、乾燥して風化一歩手前の元花束など、捨てろよ、と思わず叫んでしまいそうなものが転がっている。ここが規律の厳しい軍の兵舎だとは思いたくもない。

「何年前からこうなんだ……」

いや、だめだ。考えてはいけない。両脇に気をつけながら獣道と化した廊下を進み、クロラは目的の部屋へと辿り着く。戸の脇には、番号が彫られた木札が掛けられてあった。

「廊下ほどじゃないといいが」

祈るような気持ちで戸を開ければ、幸いなことに室内はきれいに整頓《せいとん》されていた。本来ならば、兵舎とはすべてこうあるべきだ。

あの廊下を見たあとでは、天と地ほどの差を感じる。よかった。本当によかった、とクロラは我が身の幸運を噛み締めた。

室内には両脇に肩の高さほどのベッドがあり、その下が小さな収納場所となっていた。奥には作り付けの机と椅子が二つ、背中合わせに置かれている。

戸を開けてすぐ視界に飛び込んでくる正面の窓からは、真っ青な海を望むことができた。

右側のベッドと机には使用した形跡があるため、クロラは荷物を左側の床に置く。早い段階で日用品の類いを揃えたかったが、買い物は次の休みまで我慢だ。

「よし、行くか」

自分に発破を掛けるために、強めに声を出す。窓から出たい気持ちを堪え、クロラは玄関へと向かうべく、再び悪臭漂う廊下へと戻ったのだった。

第二章

海と同化しそうなほど真っ青な空を、一羽の海鳥がゆうゆうと横切っていった。

吹きつける風は冷たさを残しているが、身震《みぶる》いするほどではない。きっと、あっという間に夏を運んでくるだろう。島の気候は、本土とあまり大差はない。夏は涼しく、冬は凍えるほどの極寒だ。ただ雪の量は少ないらしい。

「クロラ・リル。なにぼさっとしてんだ」

ラケールの声に、クロラは振り返った。街で部屋を借りている彼は、わざわざクロラを男子寮まで迎えにきてくれたのだ。昨日と同じ、着古した軍装の袖を、肘《ひじ》まで捲りあげている。

クロラはこの上官との距離を測りかねていた。親しげな振る舞いを、平然と受け入れるのも抵抗がある。大尉が一等兵に向けるにしては、ラケールの態度はあまりにも気安すぎた。

「申しわけありません」

「枕が変わって眠れなかった口か？」

「いえ。波の音のおかげで、ぐっすりと眠れました」

「珍しいな。あれが駄目だっていう奴もいるぞ」

昨夜、同室者は帰寮するなり無言で窓を開けた。夜は冷え込むが、そうでもしないと廊下から漂う悪臭が酷いらしい。おかげで間近まで波音が迫ってくるような感覚を味わったが、慣れてしまえばちょうどいい子守歌代わりになった。

「軍服を着るとそれなりに見えるもんだな」

「ありがとうございます」

部屋に届いていた兵卒用の軍装は、クロラの体にぴったりと合っていた。そもそも密偵の仕事でそれを着る機会はなく、袖を通すのも国境近くの基地に放り込まれて以来である。

何度見ても服に着られている感しかないが、ラケールの発言には、同情や励ましも含まれているのだろう。

「ところで、持ち場はどこになるのでしょうか?」

荷物を部屋に置いたあと、予定ではラケールに監獄内を案内してもらうことになっていた。しかし、直前に問題が起こり、真っ青になった兵士によってラケールは連れていかれてしまったのだ。

一人でうろうろしていると不審者と間違われる恐れがあったため、クロラはしかたなく荷物の整理や掃除で一日を終えたのだった。

「お前の担当は、第三棟の一階だ。囚人は全員で三十六人。それをお前と、もう一人で面倒を見ることになる。あとは、定期的な巡視と、夜勤の当番が回ってくるが、これはもうちょっと現場に慣れてからだな」

「わかりました」

「俺は第三棟全体を担当してる。揉め事があったら、真っ先に俺に連絡しろよ」

「はい」

「あ、そうそう。悪いんだがお前さんの相方な、今日付けで第三に異動してきた奴なんだわ。一応、仕事内容は把握してるはずだが、色々と気をつけてやってくれ」

「はあ……?」

意味はわからなかったが、とりあえずクロラは頷いた。監房棟に向けて歩き出すと、ラケールが口を開いた。

「昨日はどこも案内してやれなくて悪かったな。警《けい》邏《ら》の奴が所長室に乗り込んできたんでなぁ」

「警邏隊ですか?」

「ああ、島の警備に当たってる奴らだ」

クロラは船乗りたちから聞いた話を思い出した。島には二つの部隊が配備されている。一つはグルア監獄警備隊。もう一つが島の治安を守る警邏隊だ。この二つの勢力は、理由は不明だが非常に仲が悪く、ことあるごとに衝突しているらしい。特にグルア監獄所長と警邏隊隊長の不仲は、船乗りたちの間でも有名なのだという。

「その仲裁に駆り出されたってわけだ。大方、いつものように、うちの所長が警邏隊のお嬢ちゃんをからかったのが原因だろうな」

「警邏隊の隊長は女性なのですか」

「おう。月に一、二回は殴り込みにやってくるから、そのうち嫌でも眼にするだろうよ」

同じ島内にいる警邏隊の予算も、グルア監獄に計上されていると考えた方が自然だ。配分を調べる必要があるな、とクロラは脳裏《のうり》に書き留めた。監獄があるにしても、住民数百人たらずの小さな島に、二隊も常駐しているのは確かに不審だった。

「殴り込みというのは……」

「まあ、色々あるんだよ」

具体的な話をするつもりはないようで、ラケールは曖昧な返答をした。下っ端には聞かせられない、ということか。説明が面倒だから、という残念な理由でないことを願いたい。そんな会話をしているうちに、クロラたちは監房棟へと辿り着いた。

グルア監獄監房棟の造りは、並列型と呼ばれる形式だ。第一棟、第二棟、第三棟が等間隔に並べられ、中央を貫通するように作られた渡り廊下で連結されている。

各棟からの出入りも可能だが、防犯上の理由から、必要がない限り他の棟への移動は禁止だ。もう一つ、第四監房棟がやや離れた位置に独立してあり、そちらは女性受刑者専用となっている。

「もう持ち場についてる奴らもいる。うちの奴らへの紹介は、夕食時でいいだろ」

「わかりました」

ちなみに食堂は、本棟の近くに建てられている。兵舎からはそこそこの距離があるので、朝食をとってまっすぐ仕事に向かう者や、買い置きしていたもので済ます者もいるそうだ。

「じゃあ、仕事と行くか」

ラケールに背中を叩かれ、クロラもあとに続いた。

第三棟の通用口は薄暗く、日当たりはあまりよくない。壁には名前の書かれた木札が裏を返して下げられており、出勤の際に表に戻すようになっている。

「こうすると、中に誰がいるのか一目瞭然《りょうぜん》だろ。寝坊した奴も明らかだしな……って、ニコルの野郎はまた来てねぇのか」

出退板を睨みつけ、ラケールが唸《うな》った。「あの野郎、一度反省室に叩き込んでやろうか……」と、ぶつぶつ呟いている。

軍の生活において遅刻などありえない。叱責《しっせき》どころか、厳罰ものだ。国境近くの基地に放り込まれた時は、同室者が遅刻の常習犯で、クロラもよく連帯責任で運動場を走らされたものである。

昨日から規則の緩さには驚かされてきたが、これは想像以上だ。いくら〝軍人の墓場〟とはいえ、緩みすぎではないか。これだけでも、充分に報告書が書けてしまいそうだ。しかし、ディエゴが求めているのは、そういう内容ではない。

「悪いんだが、こっからは一人で行ってくれ。俺はこれから、早朝の巡視をすっぽかした馬鹿を叩き起こしに行ってくる」

「わかりました」

「お前の相方は、カルディナ・バシュレって奴だ。すぐそこの休憩室《きゅうけいしつ》で待ってるように言ってあるから、見つけたら一緒に仕事に向かえ」

それだけ告げると、ラケールはあっという間に走り去ってしまった。

「……仕事するか」

カルディナ・バシュレの札は表になっていた。階級は同じ一等兵だ。通用口のすぐ脇にある休憩室を覗くと、ソファーの隅っこに座っていた女性が勢いよく立ち上がる。

「あ、あのっ、私、ここで待ってるようにって、言われてっ」

「バシュレ一等兵ですか?」

「はいっ。カルディナ・バシュレ一等兵。二十歳でひゅ」

思いっ切り舌を嚙んだのか、バシュレは口元を押さえて悶絶《もんぜつ》する。大丈夫ですか、と声をかけながらクロラは相手を観察した。

身長はクロラと大して変わらない。女性兵士にしては小柄である。艶《つや》のある黒髪を肩の辺りで切り揃え、軽くではあるが化粧をしている。容姿は大きな瞳のせいか、年齢よりも幼《おさな》く見えた。十代だと言われても頷いてしまいそうだ。

軍装の上からでも手足の細さは明らかで、見た目だけで言えば、クロラ以上に〝軍服〟が似合わぬ人物である。

「クロラ・リル一等兵です。本日からグルア監獄に配属となりました」

「よ、よろしくね!」

「こちらこそ、よろしくお願いします」

にっこりと微笑《ほほえ》めば、釣られたようにバシュレも照れながら笑みを返してきた。単純そうだな、とクロラは客観的に判断する。

「あの……ラケール大尉は?」

「まだ出勤していない方がいたようで、呼びに行かれました。そのまま仕事に向かうようにと言われています」

「えっ、私も第三棟ははじめてだから、色々教えてもらわないと……」

「仕事の内容は、バシュレ一等兵から訊くようにと指示されたのですが」

「たぶん、前にいた第一棟とそんなに変わんないと思うんだけど」

新しい環境がよほど不安なのか、バシュレは俯《うつむ》いてしまった。ここは先輩であるバシュレの指示を待つべきなのだが、彼女はおろおろとするだけで結論を出そうとしない。

面倒な奴に当たった、とクロラは内心で嘆息する。命令されることに慣れすぎて、判断能力に欠ける兵士は意外と多い。

同じ一等兵とはいえ、先輩のバシュレにクロラがあれこれ指示を出すことはできない。それでも、ここに留まるのは時間の無駄だ。不敬にならないように言葉を選びながら、クロラは口を開いた。

「大尉殿を待ちますか?」

「それが一番いいんだけど、あんまり遅いとみんなの朝食が遅れちゃう……」

「では、そちらを優先しますか?」

みんな、というのはおそらく受刑者たちのことだろう。行動を時間で管理されている彼らにとって、配膳《はいぜん》が大幅に遅れれば、後の予定に影響する。ラケールを待っていては、確実に間に合わない。

しかし、バシュレは明らかに顔を強張らせた。

「朝食を配る以外にも必要なことが?」

「そうじゃないけど……」

上官の指示なしに行動することに不安があるのか、それとも別に理由があるのか。ただ、ここに留まっていても意味はないことだけは確かだ。

「他に注意することは?」

「えっと、あとは朝の配膳の時に、具合の悪そうな人がいないかどうか、さりげなく確認するの。同じ部屋の人が教えてくれる場合もあるんだけど、仲が悪いと無視されちゃったりするから。それだけだと思う……」

自信なさげにバシュレは頷いた。そのくらいならばなんとかなる。このまま徒《いたずら》に時間を浪費する方がクロラには耐え難い。時は金なり、だ。

「行きましょう」

「でもっ」

「朝食を配って体調の確認をするだけならば大丈夫です。それにバシュレ一等兵は、第一棟でも同じ職務についていたのでしょう?」

　歩き出せば、慌てたようにバシュレもついてくる。廊下を進みながら振り返れば、バシュレの表情には困惑の色が宿っていた。

「でもっ、私は失敗ばかりで……」

「第三棟では、まだなにも失敗してません」

　その指摘に、バシュレは驚いたように目を瞠《みは》った。

強引でも、仕事場に連れていけばなんとかなるだろ
――そんな内心を隠し、クロラは微笑む。

「まずは配膳の支度でしょうか？」

「あ、うん！　配膳室に食事が届いてるはずだと思う。こっちだよ」

　狭い通路を進むと、鍵が掛かった扉があった。囚人の逃亡を防ぐために、監房棟の中にある扉にはすべて鍵が掛けられている。

「ここが配膳室。外から直接運び込むことができるの。使い終わった食器も、ここにまとめて置いておくと回収してくれるんだよ。でも、時間に遅れちゃったら、自分で食堂まで持って行かなきゃいけなくなるから気をつけてね」

「わかりました」

　配膳室は寮の部屋よりも狭く、簡素な長机の上に鉄製の配膳箱が三つ並んでいた。その脇には、食器やお盆なども置かれている。

「盛りつけは私たちの仕事なの。ここで支度をして、配膳台を使って房まで運ぶんだ」

「受刑者に手伝わせないんですか？」

　他の刑務所では、できることは受刑者同士で行わせる場合が多い。むろん、脱走や他の受刑者に暴力を振るう可能性がある者は除外されるが。

「昔はそういう方式を取ってたそうだけど、今はやってないの。元軍人が多いから、兵卒相手だと我が物顔に振る舞う人もいたんだって。だから今の形になったみたいだよ。あ、私が盛りつけるから、リル君はお盆に並べてくれる？」

「わかりました」

　バシュレは手慣れたもので、手際よく料理を器に

盛っていく。先ほどまでの困惑の影はない。やはりむりやりにでも引っ張って来たのは正解だった。

朝食はゼダ産の小麦で作ったパンに野菜のスープの二品だけ。バシュレはあっという間に盛りつけを終えてしまう。

「お昼はここにお魚が、夜はお肉が一品ずつ増えるんだよ」

食事の内容は普通である。食堂で出る内容よりは質素だが、量が少なすぎたり、また多かったりというわけでもない。

「では、運びましょうか」

「う、うん……」

これから配膳というところで、バシュレはまた不安を感じはじめたようだ。いったいなんでそこまで怯《おび》えているのだろうか、とクロラは内心で首を傾げる。

「僕が押します」

「あ、待って！　私がやるよ！」

リル君は扉を開けてくれるだけでいいから、とバシュレが焦《あせ》ったように声をあげる。盆が載せられた配膳台の取っ手を摑んだバシュレは、縋るような眼差しでクロラを見た。

「わかりました」

雑居房へと続く扉を開けると、鉄格子越しに受刑者たちの視線が一斉に突き刺さる。クロラの幼い見た目や、白い髪、褐色の肌に対する、実に不愉快な感想が投げつけられた。

これは想定内だ。しかし、刑務官への暴言は処罰の対象だが、どう対処すればいいのかまずはラケールの指示を仰がねばならない。バシュレに訊くという手もあったが、あまり期待はできないだろう。

いちいち対応するのも面倒なので、クロラは気にせず配膳台へと手を伸ばす。すると、俯きぷるぷると全身を震わせているバシュレの姿が視界に入った。野次に怯えているのか。「大丈夫ですか？」と声を掛けると、なぜかバシュレは意を決したように大声を張り上げた。

「ほ、本日より四番雑居房の担当となりました、カルディナ・バシュレでひゅ！」

あ、また噛んだ。悶絶するバシュレの背中を撫でていると、クロラは辺りが静まり返ったことに気付《こ》く。何事かと顔をあげた瞬間、悲鳴が雑居房内に木霊《だま》した。

「死にたくない、死にたくないぃぃぃぃ！」と頭を抱えて叫ぶ者もいれば、「来るな、こっちに来るなぁああ！」と壁際にへばりつき、必死で距離を取ろうとする者もいる。

先ほどまで、薄汚い言葉でクロラをからかっていた者たちとは思えない怯えっぷりだ。クロラは唖然とする。

「あー、やっぱりこうなったか」

阿鼻叫喚《あびきょうかん》の中、呆《あき》れたような声が響く。振り向くと、扉から顔を覗かせるラケールの姿があった。まるでこうなることがわかっていたような口振りだ。

「どういうことでしょうか？」

「第一監房棟ほどじゃないが、ここの奴らもたまに被害を受けてるからなぁ」

ラケールは視線でバシュレを指した。収まらぬ悲鳴を聞きながら、バシュレは涙目で唇を噛み締めている。それを、やれやれといった様子でラケールが宥《なだ》めた。

「落ち込むなって。馬鹿にされるより、恐れられた方がましだぞ」

「……大尉殿。ちっとも慰《なぐさ》めになってません」

「お前は黙ってろ。所長なんざ、姿を見せるだけで囚人たちが一斉に泡を吹いて倒れるぞ。あれに比べれば、お前は遥《はる》かにまともだ」

しかし、どんな慰めの言葉もバシュレには届かなかったようだ。「ごめんなさいっ」と呟くなり、扉に向かって駆けていく。

おいおい、こっちでも職務放棄《ほうき》かよ……、と引き留めようと伸ばしたクロラの手は、バシュレに届く前に空中で凍りついた。

　ドゴッ、と鈍い音が響いたかと思うと、バシュレが体当たりをかました扉が変形した。本人はそれに気付かずに、空いた隙間《すきま》から出て行ってしまう。雑居房内の悲鳴は止み、再び沈黙が辺りを覆った。

「……は？」

　クロラは一瞬で形を変えてしまった扉を凝視《ぎょうし》した。どう見ても、鉄製の頑丈なものである。殴ったところで跡どころか、傷一つつけることも不可能だ。

　しかし、視界に入る扉は完全に折れ曲がっていた。

「……まじか。あいつ、今月も給料なくなるんじゃねぇか？」

「心配すべきはそこではないでしょう」

　クロラは相手が上官にもかかわらず、ついうっかり指摘の言葉を口にした。そのすぐあとに、内心で舌打ちする。ラケールの軍人らしからぬ行動は、地味にクロラの感覚を狂わせる。

　幸いにもラケールは気分を害した様子もなく、やれやれといった感じに肩を竦めるだけだった。

「バシュレを捕まえてきてくれ。ここは俺が替わってやるよ」

「え、ですが」

「命令だ、クロラ・リル一等兵。外出を許可する。あいつが次の被害を出す前に回収して来い。下手《へた》すりゃ、監督不行届で俺の懐も寂しくなるんだよ」

　そういう意味か。脱力したクロラは、バシュレを追うために走り出した。


　バシュレを見つけるのは簡単だった。どの部屋にも常に鍵が掛かっているため、第三監房棟の中に隠れられる場所はない。

　気配を探りながら歩いていると、通路の隅に蹲《うずくま》る塊がある。近付くと、こちらに気付いたバシュレは震えるように肩を揺らした。

「……大丈夫ですか？」

どう声を掛ければいいものかわからず、クロラが口にしたのは当たり障りのない言葉だった。

クロラの脳裏を無惨にも破壊された扉が過《よぎ》る。

驚愕《きょうがく》したが、あり得ないというほどのことではない。祖父だってあれくらいは簡単だ。庭先に転がっていた巨石を、「邪魔じゃな」と呟き、素手で破壊していた光景は瞼《まぶた》に焼き付いている。

統計学的な計算によると、サライ人の一万人に一人の割合で異常なほどに力の強い子供が生まれる。クロラの祖父もその一人である。バシュレもそうである可能性が高い。

クロラの顔を見たバシュレは、涙でぐしゃぐしゃになった顔を歪ませた。

「ごめっ、ごめんね……お仕事、途中なのに。私、戻らないと」

「配膳なら、大尉殿が替わってくださったので平気ですよ」

さすがに、このままのバシュレを連れて行くのは憚《はばか》られる。泣き止むまで待っていた方がいいと判断したクロラは、少しだけ距離をあけて床に座り込んだ。

しばらくすると、バシュレがぽつりぽつりと語りはじめた。

「……本当はね、女性兵士は女性受刑者の監房を担当するものなの。でも、私はこんなんで、失敗しては物を壊したり、相手に怪我《けが》させちゃったりして、特例で男性受刑者の監房に配属されたんだ。でも、やっぱり同じ失敗ばかりで……。第一の人たちにも第二の人たちにも愛想を尽かされちゃった」

涙が止まらないのか、しゃくり上げるような音が辺りに響いた。震える声には、切実な色が滲んでいる。

「第三が、最後の希望なの。ここを追い出されたら、私には行くところがない……。軍を辞めなきゃいけなくなっちゃう」

「バシュレ一等兵は、どうして軍人を志したんですか？」

　軍で兵士として働く女性は多い。サライ人の女は大柄で男に負けないくらい力も強い。むしろ俊敏《しゅんびん》さは女性の方が勝っているほどだ。男女ともに戦闘《せんとう》に向いているため、かつては軍事国家として成立したといえる。

　そのため、女性が軍へ入隊すること自体に不思議はなかったが、性格的にバシュレが軍を選んだのは意外である。

「……私ね、昔から異常なくらい力が強かったの。仲良くなっても、この力が制御できないって知るとみんな怖がって離れていっちゃうの。軍人になれば、この力も誰かの役に立つんじゃないかって思ったんだけど……やっぱり、なにも変わらなかった」

　そういうことか、とクロラは納得する。しかし、これが戦時中ならば、違った結果が待っていたはずだ。バシュレに人を殺せるかどうかはわからないが、使い方次第では〝英雄〟と呼ばれる存在になれたかもしれない。かつてのクロラの祖父がそうであったように。

「色んなところで失敗ばかりして、とうとう〝軍人の墓場〟行きになって。でも、そこでも私は使えない存在で……！」

「バシュレ一等兵」

　また泣き出しそうになったバシュレの肩を、クロラは優しく叩いた。心中では面倒臭い役を押しつけられたと辟易《へきえき》していたが、それを微塵《みじん》も感じさせないように、できるだけ穏やかな笑みを心がける。

「誰にもないものならば、それが自分の武器になりますよ」

「でもっ、私のこれは」

「生意気なことを言うかもしれませんが、我慢して答えていただけるとありがたいです。まず、どうして制御できないか理由に心当たりはありますか？」

「それは、混乱すると周りが見えなくなっちゃうからだと思う……」

　バシュレが自然に落ち着くのを待っていると日が暮れそうだったので、クロラは強引に話を進めた。バシュレの悩みは、本人や周りが思っているほど難しい問題ではないはずだ。

「どうして、そうなるんですか?」

「……それは、焦るのがいけないんだと思う。周りの人たちがさっさと仕事を終わらせているのを見て、私だけ遅れちゃだめだって思うと、つい」

「なぜ、だめだと思うんです」

「え?」

　クロラの言葉に、バシュレは不思議そうに眼を瞬いた。

「規定の時間内に終わるのなら、他の人より遅れても問題はありませんよね?」

　一糸乱れぬ行動が求められているわけではないのだ。むろん、規定の時間から足が出てしまったら問題だが、バシュレは一人ではない。そこは相方となった者が手助けすればいいのだ。

　同じことを繰り返していれば、いやでも能率は上がる。少なくとも、バシュレには向上心があるのだから。

「でもっ、絶対に失敗する」

「もちろんです。人間、いきなり変われるものではありません。そこは失敗の回数を少しずつ減らしていけばいいんです」

　まずは、と言いながらクロラは持っていたハンカチをバシュレに渡した。

「口癖から直しましょう。〝でも〟は禁止です。自分を否定していては、なにもできません」

「でっ……ううう」

　軽く睨みつければ、バシュレは慌てて口を押さえた。意識の改革は大事だ。でも、でも、と自分や相手を否定していては、なにも成長しない。そこに留まり続けるだけだ。

「生意気なことを言ってすみませんでした」

「そんなことないよ!」

「よかった。さて、そろそろ戻りましょう」

　立ち上がって手を差し出せば、バシュレは弱々しく頷いた。クロラの手に掴まりふらつきながら立ち上がると、目尻に溜まっていた涙をハンカチで拭《ふ》く。

「……リル君は、私に〝頑張れ〟って言わないんだね」

「頑張っている人に、それ以上言う必要ありますか？」

　腰が引けてはいたが、バシュレは配膳する際にみずから名乗った。不安になりながらも、自分の意志で努力しようとしていたのだ。頑張れ、頑張れと後押ししても、それこそバシュレは気負いすぎて空回りしてしまう。

「それがなにか？」

「な、なんでもないの。ちょっと気になっただけだから！」

「じゃあ、行きましょう」

　歩き出すと、バシュレもあとをついて来る。第三監房棟の廊下を歩いていると、ふと思い出したようにバシュレは声をあげた。

「あ、そうだ」

「どうしたんですか？」

「あのね、リル君。これから一緒に仕事をするわけだから、〝バシュレ一等兵〟って呼ぶのは、ちょっと堅苦しい気がするんだ。だから、できれば名前で呼んでほしいなって」

　さすがにだめだろ、とクロラはこっそりと溜息をつく。親しい者同士であっても、職場では家名に階級、もしくは階級のみで呼ぶ。それが上官であれば、〝殿〟等の敬称をつけるのが当然だ。ここまではあえて指摘しなかったが、自分のことも〝リル君〟ではなく、〝リル一等兵〟と呼んでほしい。

　そんな思いをぐっと押し殺して、クロラは口を開いた。

「……仕事、以外でしたら」

「そう？　じゃあ、私の名前は長いからディナでいいよ。友達はみんなそう呼ぶから。私もクロラ君って呼んでもいい?」

「はい」

「よかった」と、バシュレは控えめに微笑んだ。雑居房へと戻ると、なぜか金槌を振るって扉を直すラケールの姿があった。受刑者たちは先ほどと違い、驚くほど大人しい。そのせいもあって、金属音がより大きく雑居房内に響いていた。

「大尉殿?」

「応急処置だ。窓ガラスは予備があるが、こういった扉は職人に頼まなきゃならん。直るまでは代わりに南京錠《なんきんじょう》でもつけとくか」

折れ曲がっている鉄製の扉を見て、バシュレは真っ青になった。ようやく逃亡する際に、扉を壊してしまったことに気付いたらしい。

「す、すみません! 直すなら私が!」

「俺が好きでやってるんだから気にすんな」

しかし、ラケールの眼は正直で、これ以上の損害を増やされてたまるものか、と語っていた。バシュレはそんな上官に気付くことなく、頭を下げ続けている。

「お前たちは食器を片付けてこい」

「はい。行きましょう、バシュレ一等兵」

顔を向けると、バシュレは誰が見てもわかるほど体を強張らせていた。忘れていた緊張が戻って来てしまったに違いない。

クロラはにっこりと、できるだけ相手を安心させるような笑みを浮かべた。

「大丈夫。相手は元軍人です。一般の人よりは頑丈にできてますよ。気楽にいきましょう」

一方にとってはあまりにも無情な言葉に、受刑者たちの悲鳴が木霊したのだった。


その夜、共同の浴室から部屋に戻ったクロラは、窓際に椅子を運び、夜風で火照《ほて》った体を冷ましていた。

　規則正しい波の音に、瞼がゆっくりと落ちかける。これといって忙しかったわけではないが、意識しない内に緊張していたらしい。さっさとベッドに入ってしまえばよかったのだが、まだ寝るには早い時刻ではある。

　窓枠に寄り掛かり、うとうとしている時だった。大きな手がクロラの肩に掛かる。軽く揺らされたことで現実に引き戻されたクロラは、ぼんやりとしながら顔をあげた。

「……ハイメさん？」

　視界に映ったのは、同室のレジェス・ハイメ一等兵だった。二十代前半くらいの青年だ。見上げなければならないほどの巨躯《きょく》で、よく戸の上枠《うわわく》に頭をぶつけている。

　見た目にはあまり頓着しない質なのか、肩まで伸びた癖のある髪をいつも後ろで一括りにしていた。容姿は彫りの深い顔立ちで、少しだけ他国の血が入っていることを窺わせた。

　黙ってハイメを見上げていると、脇の下に手を入れられ、子供にするように持ち上げられてしまった。そして、そのままベッドに移される。寝るならちゃんとしたところで寝ろということか。

　ハイメとの出会いは昨日の夜だ。せめて廊下の前だけでも、と明らかに捨てても文句を言われそうにないもの――主に生もの類――をせっせと分別していると、いきなりクロラの前に壁が現れた。それが、ハイメである。

　無口ではあったが、名乗れば名乗り返してくる。気のいい奴、とラケールが評したように、クロラが袋にまとめたゴミを捨てに行ってくれたり、寮内の共同設備の使い方を教えてくれたりと、初日だけでもかなりお世話になってしまった。昨夜はハイメが同室者でよかった、と喜びを噛み締めながら就寝したほどである。

「あり、がと、ございます……」

切れ切れに礼を告げ、クロラは瞼を閉じた。ひんやりとした寝具の感触に、先ほどとは比にならないほどの睡魔が襲ってくる。

しかし、あと少しというところで、窓を閉める音がクロラを現実へと引き戻した。

「ど、して、窓」

常に新鮮な空気を取り込まなければ、廊下側から漂ってくる悪臭の餌食《えじき》となってしまう。窓はクロラにとって生命線でもあるのだ。咎めるように指摘するが、ハイメは首を横に振った。

「雨が降る」

長身に似合いの低音で、淡々と告げられる。夜空には満天の星が瞬き、雨雲の気配すらない。それでもここでの暮らしが長いハイメが言うのだから、きっとそうなのだ。

「雨が上がったら、また窓を開ける。それまで我慢しろ」

「…………はい」

いざとなれば、ラケールが面白半分でくれた洗濯挟みがある。まさかこんなに早く、あれを使わなければならない日が来ようとは。

さっさと寝てしまおう、とクロラが毛布を頭まで引き上げた時だった。なんの前触れもなく、戸が勢いよく開かれる。

「いよぅ、新入り！　先輩様が遊びに来てやったぜ！」

「…………」

クロラは戸口を一瞥したあと、毛布を頭から被り直した。面倒ごとは無視するに限る。ハイメが追い返してくれることを期待しながら瞼を閉じるが、容赦のない力で毛布を引き剝がされてしまった。

「まったく、お子様だなぁ。まだまだ寝るには早いぞ」

「……どちら様でしょうか？」

しぶしぶ体を起こせば、男性にしては小柄な青年が寝台のすぐ傍に立っていた。身長はクロラよりは

高いが、それも拳一つか、一つ半ほどだろう。年齢は二十歳になるかどうかといったところか。

見た目に拘《こだわ》りがあるのか、短く刈り上げられた髪は、夜だというのにきっちりと整えられている。そばかすの目立つ顔には、満面の笑みが浮かんでいた。

「俺は第二監房棟所属のブラス・ブラト一等兵だ。お前の先輩だからな。仕事外だったら、特別にブラス先輩って呼んでもいいぞ！」

「……では、ブラス先輩。お休みなさい」

「ちょ、待て待て！　せっかくだから友好を深めようぜ。あと今晩泊めてくれ」

「は？」

助けを求めてハイメへ視線を向ければ、抑揚《よくよう》のない声音《こわね》で、「よく泊まっていく」と返答があった。そんなブラトは、初対面にもかかわらず親しげにクロラの肩を叩く。

「聞いてくれるか後輩よ。俺の部屋は、玄関のすぐ隣なんだ」

「納得しました」

「特に今日はレジェスが雨だって言うからさぁ。窓を閉めたあの空間にいるくらいなら、固い床で寝た方がましだって思うのよ。本当はクロラを追い出して俺がそのベッドで寝たいけど。レジェスに怒られるからしないけど」

縋るような目をされたが、クロラは見て見ぬ振りをした。代わりに使っていた毛布を手渡せば、「うむ。今回はこれで勘弁してやるか」と得意げな顔をする。

しかたなく代用できそうな服を探していると、ハイメが自分の毛布をクロラの肩に掛けてきた。

「子供はすぐ風邪を引く」

「え、でも」

「気にするな。毛布はいつもブラスに取られるから、あまり使ってない」

よしよしと、子供にするように頭を撫でられる。

この二日間でわかったことだが、ハイメはクロラを必要以上に子供扱いしようとする。視線を感じて振り返るといつもハイメがこちらを見ていて、少しでも危険な場所に近付こうものなら、引き戻すように襟首を摑まれる。

　理由を訊ねると、「子供から眼を離してはいけない」という、微妙な答えが返ってきた。どうやらクロラがあまりにも小さいせいで、ついつい心配になるらしい。これでも軍人なんだが。

　確かに、今までの任務では、この外見を活かし子供として振る舞う場合が多かった。だが、中身は二十代のいい大人だ。思わず顔が引き攣りそうになるが、そこは気力で堪えている。

「え、なにこの空気。俺がクロラの毛布を奪った最低野郎になってるんですけど」

　それでも毛布は手放したくないようで、ブラトは腕組みしながらうんうんと唸っている。一等兵とはいえブラトは先輩になる。もっと横柄にしても問題はないのだが、根は優しいようだ。

　しかし、初対面にもかかわらず、ここまで親しげに接してくる人間も珍しい。こいつには警戒心というものがないのだろうか。

「ブラス先輩も小柄ですけど、子供じゃないんですか？」

　未だに悩み続けているブラトを一瞥したハイメは、無表情で首を横に振った。

「休みの度に、女を目当てに酒場に通う子供はいない」

「まあ、それはそうですよね……」

　ブラトは子供認定を免《まぬか》れたらしい。酒場という言葉で日用品の買い出しを思い出したクロラは、けっきょく毛布は手放せないという結論に達したブラトに話しかけた。

「次の休みに街に出掛けたいんですが、お勧めの店はありますか？」

　さすがに床は冷たかったのか、椅子を二つ並べて寝床をこしらえていたブラトが顔をあげた。

「そりゃ、街に入ってすぐのところにある〝海鳥《うみどり》亭《てい》〟だろ。あそこは間違いない。可愛《かわい》い子が多くて、もぐぐぐぐ」

ハイメに口を押さえられたブラトは、顔を真っ青にしてもがき始める。〝海鳥亭〟はブラトが休みの度に通うという酒場のことだろう。

「そうではなくて、日用品なんかを売っているお店です。急な異動だったもので、必要なものを揃えられなくて」

「うはっ、死ぬかと思ったぁ！」

ハイメの拘束《こうそく》から逃れたブラトは、涙目でクロラの問いに答えてくれた。

「その手のものなら、街の中央にある広場に行けばたいていは揃うと思うぞ。街に続く一本道をずっと行くと、噴水が見えてくる。そこが広場だ」

「わかりました。まずはそこに行ってみますね」

「あと、貨物船が来てからの方が品揃えはいいぞ。貨物船が来る前は品切ればっかだ。運航の予定は事務室に訊くとだいたいわかる。せっかく街に出るんだったら、欲しいもんが揃ってる時の方がいいぞ」

「じゃあ今が買い時ですね」

貨物船は昨日、島に着いたばかりだ。日用品を揃えるならば、ここ数日のうちに済ませてしまった方が得策だ。

「そうそう、街に行くなら私服で行けよ。お前は見るからに弱そうだし。警邏隊に見つかると難癖《なんくせ》をつけられるからな」

「はあ？　ブラス先輩はいつも軍装で出掛けるんですか」

「ふふふ、軍装で酒場に行くとな、女の子にもてるんだよ。軍人さぁ～ん素敵ぃ、ってな。覚えとけ！」

誇らしげに胸を反らすブラトだったが、私服で行くともてないのだと、ばらしているようなものである。異性にもてたいという感情が希薄なクロラは、それを生温かい眼差しで見つめた。女より金。それが信条である。

「……一応、覚えておきます。もっとも、生活用品を揃える方が重要なので、当分は酒場に通えませんが」

「そ、そうだったな……！　いや、太っ腹な上官だったら、気まぐれに奢《おご》ってくれるかもしれない。希望は捨てるんじゃないぞ！」

　ブラトは慰めるようにクロラの肩を叩く。クロラの上官はラケールだが、給料日前に金欠を嘆いていたのを知っているので、あまり期待はできそうにもない。

「ところで、ここは階級が上の方が多くいらっしゃいますよね。僕は軍に入って間もないからわからないのですが、そんなに早く昇級できるものなのでしょうか？」

　夕刻、クロラはラケールに連れられ、食堂に集まった第三監房棟の同僚らの前で挨拶をした。その際、一人一人紹介してもらったのだが、一等兵や上等兵ばかりではなく、三分の一が軍曹や兵長といった下士官が揃っていた。これは異常なことだ。

「ああ、そりゃここに配属になる前に、餞別《せんべつ》として昇進させてもらえた幸運な奴らだよ。〝軍人の墓場〟じゃ先が見えてるしさ。ここに配属された奴は、たいていここで終わる。本土に呼び戻されるどころか、昇進だって夢のまた夢だ。せめて給料くらいは夢を見せてやろうっていう、上官の配慮だ。ああ、俺も昇進させてもらいたかったなぁ」

　あり得ない話ではない。退官の際などは、あまりにも階級が低いと、お情けで昇進させてもらえる場合もある。その方が、退官後の就職にも有利だからだ。故郷に帰るにしても、階級は高い方がより歓迎される。

「でも俺は諦《あきら》めてないぞ。いつか本土に戻って、昇進するんだ！」

「ちなみに、ブラス先輩はどうしてここに？」

「上官が美人で独身だったけど、実はお偉いさんの恋人がいたってことが致命的な敗因だ。だってお前、あんな悩ましげな視線で誘われたら、男として応えるしかないじゃん。たまたまそれが職場で、たまたまやってきた恋人さんに見られちゃったのは大問題だったけど。その恋人さんが、他所の部隊の中尉ってのも敗因の一つだ」

「よくわかりました」

脱力すると、慰めるようにハイメが頭を撫でてきた。

「クロラはどうなんだ?」

「僕ですか? 面倒事のとばっちりを受けたってだけですよ。軍を追い出されなかっただけ、よかったと思うしかありません」

曖昧に言葉を濁《にご》すが、ブラトの追撃は止まない。

しかたなく、クロラは口を開いた。

「詳しく話すと、ブラス先輩にも迷惑が……」

「よし、言わんでもよろしい!」

即答である。その後も、先輩風を吹かせたブラトが、あれこれとグルア監獄独自の規則について語ってきかせた。

正直、この情報はありがたい。食堂での反応は、可もなく不可もなくといったところだった。もう少し外見について反応されるかとも思ったのだが、それは上官であるラケールの存在が大きい。

ほとんどが当たり障りのない返答に終始した。同僚が増えた程度の認識だと推測される。気張っていただけに、肩透かしを食らったといっても過言ではない。無気力というわけではないのだが、グルア監獄独自のなんともいえない雰囲気にクロラは困惑していた。

ブラトはそんなクロラの内心を知らず、持てる知識を披露し続けている。

「——あと注意すべき点はあれだな。グルア監獄では冬場を除き、月に一、二度腰蓑《こしみの》をつけた人間が出現する」

「……ブラス先輩」

残念なものを見るような視線を向ければ、ブラトは慌てて両手を振った。

「俺じゃねぇよ。ここで一番の古株だって言われてる、ラグナスの爺《じい》さんだよ！」

「すみません。酔っ払って脱ぐのかと」

誰が脱ぐか、とブラトは大声をあげる。隣の部屋から、「うるせぇぞ、ブラト！」という怒鳴り声が響いた。

「……ごほん。話を続けるぞ。ラグナスの爺さんは、酒場でやってる賭《か》けで有り金をすっちまって、身包《みぐる》み剥がされて追い出されるんだよ。んで、腰蓑つけてうろうろしてる」

「はぁ」

「なんだそのやる気のない顔は。ラグナスの爺さんはそうやって、獲物を誘《おび》き寄せてるんだよ」

「獲物ですか？」

「親切に上着を貸すと、いつもそのまま質屋に持っていっちまうんだ。情けを掛けた方が負けだ。いいな？」

真偽のほどは定かではないが、とりあえずクロラは頷いておいた。よしよし、と頷いたブラトは再び説明をはじめる。

「そして、それを遥かに上回る勢いで危険な人物。それが、ゼータ所長だ。この人を怒らせたら、海の藻屑《もくず》と消える。骨すらも残らんと思え」

「でも、ブラス先輩は生きてますよね」

「いやいや、何回生死の境目をさまよったことか――って、何気に酷いよな、お前は！」

「すみません」

「ふんっ。わかればいいんだよ。とりあえず、絶対に怒らせるなよ。まあ、下っ端はそんなに顔を合わせる機会はないと思うけど」

クロラは頷きながらも、内心で首を傾げた。話しやすく親しみやすい人物という印象が強かっただけに、どうも納得がいかない。

「それと、今は調査官？　ってのがうちに来てるから、眼をつけられないように気をつけろよ」

「それは、軍の、ですか？」

「軍服を着てたからそうなんじゃねぇの？」

「なにを調査しているんでしょうか」

さあ、とブラトは首を傾げた。ハイメも首を横に振っている。

軍の上層部と所長が癒着《ゆちゃく》しているならば、調査の手が入るのは不自然だ。事情を知らない第三者がそれを提案しても、裏から手を回して潰されるのがおちである。

考えられるのは、議員側への対策だ。調査官を派遣したと主張すれば時間が稼《かせ》げる。

その間に、議員側が食いつくような別の事案を投げ与える。ありそうな話だ。

「粗探しが趣味です、っていう雰囲気のねちねちした奴でさ。あ、俺が言ったたって、絶対に告げ口すんなよ！」

「言いませんよ」

どのような思惑で島を訪れているのかは不明だが、接触は控えた方がよさそうだ。

「それからだなぁ――」

ブラトはなおも得意げに説明を続ける。やがて語り疲れたブラトが、糸が切れたように眠ったあとで、クロラもベッドに引っ込んだ。ハイメはまだ眠らないようで、照明を消すと、古いランプに火を点《とも》し読書をはじめた。

柔らかな明かりを瞼の裏に感じながら、クロラは眠りに落ちる。雨が降り出したのは、夜半を過ぎた頃だった。

第三章

グルア監獄に配属されて、六日が過ぎた。仕事の内容は決まったことの繰り返しなので、すっかり慣れてしまった。

唯一の問題があるとすれば、相方のカルディナ・バシュレである。

「ご、ごめんなさいっ！」

今日も元気な謝罪が飛ぶ。

格子に作られた食器口から空いた器を回収し、クロラはバシュレの下へと駆け寄った。顔を真っ赤にしたバシュレが、泡を吹いて倒れている受刑者に向かって頭を下げている。

「どうしたんですか？」

「リル君！　あの、そのね、この人が変なことを言うから、思わず……」

視線の先を辿れば、鉄格子の一部分が奇妙に折れ曲がっていた。どうやら、力一杯握り締めてしまったらしい。受刑者はそれを見て卒倒したようだ。元軍人のくせに情けない。

「自業自得ですね。鉄格子は……金槌で叩けば直ると思います」

「な、直ってくれないと、お給料が……」

「鍵の部分でなければ、少しくらい歪《いびつ》でも大丈夫でしょう」

破損する度に、職人を頼んで直していたら切りがない。それは、ここ六日間で学んだことだ。気を取り直したバシュレが、陥没した部分を確認しながら言った。

「じゃあ、食器の回収が済んだら、金槌で直してみるね」

「それは僕がやっておきます」

金槌とはいえ、バシュレに武器を持たせてはいけない。かなりの確率で、二次被害が起こるからだ。クロラに同意するように、他の受刑者たちも真顔で頷いていた。

今のところクロラの給料に影響はないが、バシュレのもたらす被害が大きいようならば連帯責任を取らされる可能性もある。他人の失態で給料が減らされることなど我慢がならない。せめて被害を最小限に留めるため、どんな些細なことでも「自分が」と引き受けることにしていた。

食器を回収し終えたクロラは、さりげなく辺りを見回した。

クロラとバシュレが担当する、第三監房の一階は、真ん中の通路の両脇に合計で十四室の雑居房が置かれている。各雑居房の定員は四人。そのため一部が空き部屋となっていた。

雑居房内には、左右の壁際に二段式のベッドと私物棚が置かれ、隅に便所と洗面台が作られている。奥にある窓は脱獄防止のために面積は狭く、鉄格子が嵌《は》め込《こ》まれていた。

通路側は頑丈な鉄製扉と、中を窺うことのできる鉄格子つきの監視窓がある。配膳するための食器口は扉の中央にあり、使用時以外は南京錠が掛けられていた。

ちなみに、第一監房棟は大半が独居房で、第二と第三は全室が雑居房という造りになっている。少し離れた場所にある第四監房棟は、半々の構造だと聞いていた。

「――刑務官さんよ」

低い声が聞こえたかと思うと、監視窓の脇に一人の男が立っていた。

マリオ・カルレラ。クロラたちが担当する雑居房の中心的人物だ。軍属時代は軍曹を務めており、他所の受刑者たちからも尊敬されている。

年齢は三十代後半。サライ人らしく大柄で、簡素な囚人服の上からでも鍛えられた筋肉の隆起が見てとれる。短く刈り上げられた髪や、剃り残された無精髭のあとも、精悍《せいかん》な顔によく似合っていた。

普通ならばこんな風に、受刑者が刑務官に声を掛けるなど考えられないが、ここでは平然とそれがまかり通っている。当初はいちいち驚いていたが、そういう場所なのだと深く考えずに流すことに決めていた。

「なんでしょう?」

「あんたが来た時から気になってたんだが、身内にニルス・リルって名の爺さんはいるか?」

まさか受刑者からそれを問われるとは思ってもみなかったため、クロラは素で驚いた。

「よく訊かれますが、違います」

「なんだ、てっきりそうなのかと思ったんだが……ま、あの爺さんの親戚が左遷《させん》されるわけないか」

「親しげな感じですが、お知り合いですか?」

「少しな」

監視窓に近すぎて、カルレラの表情ははっきりとは窺えなかった。しかし、その低い声には、どこか懐かしむような色が混じっていた。

クロラも祖父の交友関係を把握しているわけではない。顔や名前を知っている相手はごく一部であり、ニルスも知り合いにわざわざクロラを引き合わせるようなことはしなかった。マリオ・カルレラという名前に聞き覚えはない。

「爺さんと血の繋がりがなきゃいいんだ。あの人はおっかねぇからな。あんたがその孫だったりしたら、厄介《やっかい》だなと思ったんだよ」

彼はどこまでニルスのことを知っているのか。クロラが無言でカルレラを見上げていると、面白がるような口調で告げられた。

「爺さんの血筋だったら、可愛い顔してても、平然とえげつないことをやりそうだ。例えば、逆らったら素手で生皮を剝がされるとか、な」

うちの爺さんだったらやるかもな、とクロラはこっそり同意した。拷問《ごうもん》されて、口を割らずに耐えきった敵兵は一人もいなかったとか。もっとも、これはただの噂話ではあるが。一人くらいはいただろ、というのが祖父の答えだ。

「そこまでは、ちょっと……。せいぜい生爪《なまづめ》を剝がすくらいです」

あまり間を置かずにそう返すと、なぜか雑居房内に沈黙が落ちた。見れば、食器を配膳台に戻していたバシュレまでもが、真っ青な顔でこちらを見ている。

「……冗談ですよ？」

第三監房棟一階の担当者二人は、可愛い顔をした破壊神である。肉体と精神を壊されたくなければ絶対に逆らってはいけない——そんな噂が、受刑者たちの間で囁《ささや》かれることとなった。


朝の配膳と食器の回収を終えると、待っているのは受刑者の作業所への引率だ。脱獄防止のために二人一組で手錠を掛け、決められた時間内に移動を完了させなければならない。

バシュレはこれに手間取りよく失敗をやらかすが、最近では受刑者の方が、真面目に従わなければ自分たちに物理的な被害が及ぶと悟ったらしい。こちらが驚くほどの協力的態度で、むしろあれこれ言わなくても、彼らだけで作業所に直行できてしまいそうな勢いだ。

カルレラ以外の全員が元兵卒ということで、命令され慣れていることもある。だからといって、誰に対しても従順であるわけではない。バシュレは本人も意図せず、自分が上であることを示したのだ——操縦不能な怪力を見せつけて。

第一監房棟では、政治犯や元軍人でも階級の高かった受刑者——命令を下す側——が多いので、上手くいかなかったのだ。

「今日は芽が出てるといいね」

先頭を歩くバシュレは、うきうきとした様子を隠しきれていない。

四番雑居房の作業所は、監獄の敷地内に作られた畑である。海沿いではあるが、場所が切り立った崖《がけ》の上であることと、島に流れる真水のおかげで塩害を受けずに済んでいる。

植えられているのは、痩《や》せた土地でも育ちやすい野菜が大半だ。受刑者たちが飽きないようにと、各畑で二種類以上の作物が育てられている。収穫したものは自分たちの食卓に並ぶとあって、畑を耕す彼らの顔も楽しげだ。

他には、牛小屋や養鶏《ようけい》小屋で作業する班もある。ある程度の自給自足は、供給が限られた場所ならではの手段だ。

「では、手錠を外します。みなさん喧嘩《けんか》せず仲良く作業してくださいね」

一度、バシュレが喧嘩を仲裁して以来、逆らう者は一人としていない。喧嘩の代償というには、あまりにも大きすぎる被害がもたらされたのである。

「畑が陥没した時は、どうしようかと思いましたけどね……」

受刑者たちも、まさか農作業ではなく畑の修繕をさせられるとは思ってもみなかったはずだ。しかも被害は一箇所ではなく数箇所に及んだため、その日の作業はそれだけで終わってしまった。

「あ、リル君。農機具は足りてる？」

「ええ。昨日は誰も壊さずに済みましたから」

鍬《くわ》などの農機具には鉄製の刃が使用されている。受刑者たちが暴動を起こした際の武器となる恐れもあるため、刃の先をわざと丸めたものが貸し出されていた。

しかし、鈍らせた農機具は使い辛いようで、力任せに振り回し壊してしまう者があとを絶たない。軽い破損ならば本人たちに直させるが、重大な損傷は街の職人に頼まなければならなかった。その手配もクロラたちの仕事である。

「……ごめんなさい。実際、一番農機具を壊してるのは私だよね」

まったくだ、とクロラは心中で同意した。失敗の回数は減ったが、それでも一日に一回はなにかしら大破してくれる。

自分たちで直せるものはまだいいが、街の職人に頼む場合は報告書の作成が必須だ。使用者の欄《らん》には、受刑者ではなくバシュレの名前が書かれることが多い。

「お給料が少なくなっちゃうから、できるだけ気をつけてるんだけどね……。今月はまだ大丈夫だと思う」

バシュレ曰く、毎日のように備品を破壊しまくり、その月だけでなく、翌月、翌々月の給料から天引きされることもあったらしい。

第三監房棟に異動してからは、給料に大きく響くほどの失敗はしていないとのことだ。初日に破壊した扉は、鍵の部分が無事だったということでラケールが直してしまった。

「そういえば訊きたいことがあったんですが、街で匂い袋みたいなものが売っている店ってありますか？」

農作業にせいを出す受刑者たちを眺めながら、クロラは口を開いた。

「知ってるけど……」

〝匂い袋〟という、男には縁のなさそうな品物の名前に、バシュレは不思議そうに首を傾げる。

「リル君が使うの？」

「安眠のためです」

即答すれば、バシュレも男子寮の悪臭被害について聞いていたのか、気の毒げな表情を浮かべた。

「窓を開けると大丈夫なんですが、雨の日はそうもいかなくて」

はじめのうちは平気なのだが、明け方には眠りを妨《さまた》げるほどの刺激臭が室内に漂っていた。よくあんな場所で生活できるものだ。態度には出さないが、嬉々《きき》として提案してくるが、休日までバシュレのお守りというのは勘弁してほしい。むろん不慣れな土地なので、案内役を頼みたいのは山々だ。しかし、それは相手がバシュレ以外に限った話だ。街中での破壊行動までは、さすがに面倒を見切れない。

どうにかして断らなければ、とクロラは必死に頭を回転させた。

「……残念ですが、僕とバシュレ一等兵は、休みが別々だと思います」

グルア監獄は、十日を基準に兵士の勤務予定が組まれている。六日間の勤務に、三日間の訓練。むろん、一日中訓練するわけではなく、午前が勤務で午後が訓練といったような配分だ。夜勤も六日間の勤務に含まれている。残りの一日が休みで、本人の希望がなければ各部署の担当者が決めていた。同じ持ち場の人間が、同時に休むようなことにはならないはずだ。

「え、でも一緒の日だったよ？」

クロラの内心は荒みきっている。

ラケールから貰《もら》った洗濯挟みは、かなりの頻度でブラトに奪われてしまうため、雨の日は早起きが習慣付いてしまったほどだ。

「どうせなら、他の匂いで誤魔化せないものかと思ったんです」

「そっか。お店はね、二軒あるけど私は〝シエロ〟ってとこがお勧めかな。女性向けなんだけど、扱ってる雑貨がすごく可愛いの。匂い袋も置いてあったと思うよ」

聞き覚えのある店名に、クロラは反応した。まさか探しに行く前に、伝達役の密偵がいる店を見つけることができるとは。

「ちょっと込み入った場所にあるんだけど……あ、クロラ君って次の休みに街に行く？」

「はい」

「じゃあ、私が案内してあげるよ。まだ街に行ったことないんでしょ？」

「本当ですか?」

「うん。私も街に行きたかったから、確認したの。そしたら、クロラ君の名前も私と同じ日にあったよ」

自信満々に語るバシュレに、クロラも「そうですか」と納得するしかない。

だが、そうなってくるとバシュレの好意を遠慮する理由がなくなってしまう。適当な断り文句が出てこず、結局、クロラはバシュレと一緒に出掛けることになってしまった。

「あ、そこっ。喧嘩ですかっ。だめですよ、喧嘩は!」

苗を植える間隔について意見が合わず、睨み合っていた二人に気付いたバシュレが、可愛らしい声をあげながら走っていく。

それまでいがみ合っていた二人は、顔を真っ青にして、互いに肩を組み喧嘩ではないと必死に主張していた。

「二人でお出掛けとは、仲がいいんだな」

不意に響いた声に、クロラは振り返った。そこには鍬を片手に持ったカルレラの姿があった。邪推するような言葉に、クロラは苦笑する。

「僕はここに来たばかりですから。色々と気を遣ってくれているだけです」

「そういうことにしとくか。お前さんには、あいつらもかなり助けられてるからな」

「そうでしょうか?」

「あのお嬢ちゃんの噂は嫌というほど聞いてる。正直、お前さんがいなかったら、うちから追い出していたところだ。同情はするが、さすがに我が身の方が大事なんでね」

基本的には受刑者たちの人権は認められているが、それはあってないようなものだ。酷い刑務所ともなれば、「死ななければいい」という考えの下で運営されている場所もある。当然、苦情も聞き入れられない。

そんな場所でも、人的被害だけでなく、器物破損も加わるならば事務方が黙ってはいない。多少、大げさに被害を訴えれば、受刑者側の意見は聞き入れられるはずだ。

しかし、刑務官の前でこうも堂々と批判を口にするのはいかがなものか。少し頭を働かせれば、懲《ちょう》罰《ばつ》ものだとわかりそうなものだが。

もっとも、そう思っているのはクロラだけで、バシュレは「本当のことだから気にしない」と言いそうだし、責任者のラケールも「報告書が面倒だから聞き流せ」と言いそうだ。

「できれば、そういうことは口にしないでください。それに、バシュレ一等兵の場合、環境の問題もあったと思いますよ」

バシュレは失敗すると、気が動転し、また別の失敗を生む。さらに混乱した頭でそれをなんとかしようとして、被害をより拡大させるのだ。

失敗はしかたない。クロラはバシュレにそう言い聞かせた。急に完璧《かんぺき》な人間になれるわけがない。だから、最初の失敗について、しかたないと割り切ることを提案した。

一度、気持ちを落ち着かせる。それだけで、二次、三次の被害を抑えられる。問題は、第一監房棟にはそれを指摘してくれる存在がいなかったことだ。

また、第一棟の受刑者には気位の高い人間が多い。わずかなことでも、これ見よがしにあげつらっただろう。これで失敗を繰り返さないわけがない。

「僕ではなく大尉殿でも同じ結果になったはずです」

「あー、それはないな」

「どうしてです？」

「ラケールの旦那は、部下に慕《した》われてるんだよ。そんな相手を独り占めしたら、いらぬ嫉《しっ》妬《と》を買って違う意味で孤立してたと思うぞ」

「……なるほど」

カルレラの指摘に、クロラは納得した。確かにバシュレを嫉む人間は出てくる。新入りであるクロラならば、どれだけ親しくしようとそういった心配はない。

「ところで、ここは刑務所なのに、ずいぶんとほのぼのとしてますね」

刑務所という特殊な場所ということで、島に来た当初、クロラはもっと殺伐《さつばつ》としたものを想像していた。しかし、蓋を開けてみれば、予想とはまったく違った世界が広がっているではないか。

受刑者との会話は褒められたことではないが、ここは情報収集のためと割り切る。今のところ、クロラの交友関係はバシュレと、同室のハイメ、居候《いそうろう》のブラト、それに上官のラケールのみ。この人数では得られる情報も偏《かたよ》ってしまう。

「名前も、普通は番号で呼びますよね」

受刑者たちにはそれぞれ番号が与えられている。規則では、その数字を名前代わりに使用するとあるが、バシュレは当然のように受刑者本人の名を呼んでいた。

おかげでクロラだけが頑なに規則を遵守《じゅんしゅ》するわけにもいかず、バシュレに合わせ受刑者たちを名前で呼ぶはめに陥っている。

「そういや、番号で呼ばれた記憶はないな」

「いつもこんな感じだったんですか？」

「さすがに、今ほどではないぞ。担当官はよぼよぼの爺さんと、それよりちょっと若いくらいの爺さんだったからな。こっちを見る目が、なんか手の掛かる孫を見るような感じでな。反抗する気すら起きなかった。まあ、そん時は番号を覚えるのが面倒だったんだろうよ」

それはまた、今とは違ったほのぼの具合である。相槌《あいづち》を打ちながら、クロラはさりげなく目的の質問を口にした。

「受刑者と刑務官の壁が低いのなら、癒着とか賄賂《わいろ》とかがまかり通ってそうですね」

相手の一挙一動に注目していると、返ってきたのは明るい笑い声だった。一頻《ひとしき》り肩を揺らすと、カルレラは強い口調で断言した。

「ありえない」

「……なぜです？」

「所長があいつだからだ」

確かに、クロラが初日に会った、セルバルア・ゼータならば、不正な行為を見逃すとは思えない。だが同時に、グルア監獄への異常な予算配分を黙認しているのも彼なのだ。

さすがに、見た目や態度が、身の内と比例しているとまでは思っていない。周囲からどれだけ聖人君子と思われようが、裏では犯罪に手を染めていた例もある。

「不正の一つでもしてみろ、間違いなく断崖から吊るされるぞ」

「反省室ではなく？」

「犯罪行為に対しては容赦ねぇよ。あのお嬢ちゃんは、過失ってことで免れてるがな。たまーに馬鹿な奴が吊るされてるぞ」

おかしなことは考えない方が身のためだぞ、とカルレラは忠告するように告げた。クロラは苦笑する。むしろ自分の仕事は、不正を行っていると思われるグルア監獄所長の調査なのだが。

「所長とはお知り合いなんですか？」

「……………」

「違っていたらすみません。親しげな口調だったので、もしかしたらと思っただけです」

返答はなかった。

しかし、沈黙もまた雄弁な答えである。カルレラは囚人となる前、ゼータと顔見知りであった可能性は高い。それがどのような意味を成すかはわからないが、クロラは胸に書き留めた。

視界の端では、また別の諍《いさか》いを見つけたバシュレが大声をあげて走っていくところだった。

なぜ、自分とバシュレの休みが重なったのか。その疑問が解かれたのは、翌日の夕食時であった。

最大で百人が食事をとることのできる食堂は、ちょうど交替の直後ということでかなりの人で埋まっている。よく観察してみれば、各部署に勤務する者同士が固まっているのがわかった。

四つある監房棟ごとに、小さな派閥がありそうだな、とクロラは考える。それはどの組織でもあり得ることだ。そういった力関係の見極めは、情報を収集するにあたり大事な要点となる。

「——ああ、あれな。わざとお前とバシュレの休みが重なるようにしたんだよ」

たまたま隣の席となったラケールは、食後の茶を飲みながらクロラの問いに答えた。

「どうしてでしょうか？」

クロラは忙《せわ》しなく口を動かしながら、食事の合間に訊ねる。

食堂で提供される献立は、朝が一種類、昼と晩がそれぞれ二種類となっている。選べる献立は肉料理と魚料理の二択で、肉に飢《う》えている者たちによる熾《し》烈《れつ》な闘争が繰り広げられていた。

新入りであるクロラが肉料理を取ろうとすると、無言の圧力が掛かるため、大人しく魚料理を選んでいる。今まで内陸で暮らしていたこともあり、水揚げされたばかりの新鮮な魚はお世辞抜きで本当に美《お》味《い》しい。

「今のところ、お前以外にバシュレを上手く使える奴がいねぇんだよ。あいつもお前には気を許してるみたいだしな」

しかし、バシュレが自分に頼るようになっては困るのだ。今後、任務のために動く際、妨げになるようなものは遠ざけなければならない。バシュレ自身の自立心を養うためにも、過失を覚悟で他人と組ませる必要もあるはずだ。

「もちろん、今だけだ。もう少ししたら、他の奴をあてがってみる。せめて今月くらいは、あいつの給料のために頑張ってくれ。今度、なんか奢ってやるから」

「今月はまだ大丈夫だと言ってましたよ」

「……バシュレの奴、花瓶を割ったこと忘れてんのか？」

どうやら、窓ガラスを五枚と、所長が気に入っていた花瓶を割り、反省室行きとなったのはバシュレだったようだ。

彼女を知った今では、「そうですか」と、すんなり納得できてしまう。

「忘れてますね、きっと」

「あとで教えてやってくれ」

「……大尉殿」

「お前の方が、毎日のように顔を合わせるだろ」

そう言われてしまえば、反論のしようがない。面倒なことを押しつけられた、とクロラは嘆息した。

「いいじゃねぇか。次の休みに、二人で街に出掛けるんだろ？」

「そうですが、どうしてご存じなんですか？」

「狭い職場だからな。噂ってのは、人の足よりも早く広まるもんだ」

「邪推しないでください。街に行くのが初めてなので、案内してもらうだけです」

「照れるなって」

冗談だとわかっていても、あまり面白い気分ではない。なにを言っても意味がないことを悟っていたクロラは、溜息をつくだけに留めた。

しかし、不運なことにもう一人の当事者も、ラケールの言葉を聞いてしまっていた。気配を感じてクロラが振り返れば、バシュレが真っ赤な顔で硬直《こうちょく》しているところだった。

「あ……」

「んー、どうした？」

ラケールも何気なく振り返り、口元を引き攣らせる。彼もわかっているのだ。不用意にバシュレをからかえばどうなるのか――。

「わっ、私とリル君はそんなんじゃ、ない、です！」

鼓膜が破れんばかりの大声をあげたバシュレは、出入口に向かって走り去る。ちょうど食堂に入ろうとしていた一人の不運な兵士——ブラス・ブラトを跳ね飛ばして。

ブラトの小柄な体は放物線を描くようにして、悲鳴と共に夕闇《ゆうやみ》に消えていった。

「……大尉殿」

「以後、気をつける」

後日、ブラトの治療費が、バシュレではなくラケールの給料から引かれたのは、せめてもの償《つぐな》いだったのだろう。

第四章

休日の朝。目が覚めるような、雲一つない青空が広がっていた。

待ち合わせ場所は、グルア監獄の通用門前である。すでに切り株に座って落ち込んでいるバシュレの姿があった。

街に出掛ける今日は、バシュレの服装も色の暗い軍装から、水色の華やかなワンピースに代わっている。上から羽織った肩掛けも真っ白で女性らしい。適当に引っ張り出した服に帽子を被っただけの自分とは大違いだ。

爽《さわ》やかな格好とは裏腹に、バシュレを取り巻く雰囲気は暗雲が立ち込めている。できれば、このまま気付かなかったことにして通り過ぎてしまいたい。そんな気持ちを圧《お》し殺《ころ》し、クロラはバシュレに呼びかけた。

「お待たせしました」

「……クロラ君」

顔をあげたバシュレはクロラを見たあと、また俯いてしまった。まるではじめて第三監房棟に来た時の彼女を見ているようだ。

「まだ落ち込んでいたんですか？」

「うっ……だって、今回は怪我人を出しちゃったから」

まさかブラトも、同僚に弾き飛ばされるとは思ってもみなかったはずだ。幸いにも打ち身だけで済んだため、バシュレへのお咎めはなしということになった。ただ、前方には注意しようね、と所長からたっぷりとお小言を貰ったらしい。

「本人も許してくれたじゃないですか」

救護室で手当を受けたブラトは、平謝りするバシュレに対して終始しまりのない笑みを向けていた。

可愛さが恐怖に打ち勝った、とブラトは真面目な顔で告げた。以来、ブラトはバシュレの情報を寄越せと、クロラにまとわりついてくる。今日のことも、さんざん文句を言われ、終《しま》いには自分も行くとごねられたが、さすがに休日の変更まではできなかったようだ。

「でも……」

久々に大きな被害を出してしまったことで、ようやく積み重ねた自信が崩れてしまったのか。失敗を反省することは大事だが、それを引き摺りすぎると負の連鎖《れんさ》に陥ってしまう。バシュレは昨日もずっとこの調子で、受刑者たちも怯えたように遠巻きにしていたほどだ。

クロラは今日の外出が、バシュレにとっていい気分転換となることを祈った。そうでなければ、雑居房の被害は甚大なものとなってしまう。


「そろそろ行きましょうか。今回は、いくつか買い物も頼まれているんです」

「そうなの？」

「同室者から小説本を数冊と、大尉殿からは煙草を。所長が街に手を回したようで、煙草の購入数を制限されたとか」

他にも、ブラトによく効《き》くという湿布の購入を頼まれていたのだが、そんなことを正直に告げて、バシュレの傷口に塩を塗《ぬ》り込《こ》むこともない。購入の際は、自分用だと偽ろう。

「まずはどこから行きますか？」

「えっとね、それもあるけど、今日はまず街をぐるっと歩こうと思って。その方が、次に来た時にクロラ君も楽でしょう？」

願ってもない提案に、クロラは頷いた。街の外周を歩くだけならば、二時間も掛からないそうだ。

「ちょっと止まって。まず道路の説明をするね」

ここからの方が見晴らしはいいから、とバシュレは告げた。

　足を止めたのは、ちょうどクロラが港から登ってきた場所である。風に乗って、鷗《かもめ》たちが悠然と視界を横切っていく。眼下にはあの時と同じ、穏やかな港町が広がっていた。

「私たちがいる道は〝グルア大通り〟って呼ばれて、街の真ん中を北に向かって走ってるの。途中で噴水のある広場があって、それを過ぎるとあっという間に海。次に大きいのが、街の一番外側にある〝堤防通り〟。名前でわかるように、堤防のすぐ傍に道があるの。道はこの二つを覚えておけば迷子にはならないと思うよ」

「わかりました。確かに、ここから見るとわかりやすいですね」

　同意しながら、クロラは視界に映る景色を脳裏に焼きつけた。続いて、バシュレが指差したのは街の中央にある広場である。

「あそこが噴水広場ね。周りにお店がたくさん集まってるの。そこだったら、たいていのものは揃うよ。なかったら、店員さんにお願いすると次の貨物船が来た時に頼んでくれる。手に入れるのが難しいものや日持ちしない食べ物以外だったら、お取り寄せは可能なんだって。そのぶん、値は張っちゃうけど」

「それほど不便というわけではないんですね」

　むしろ、祖父と二人で暮らしていた時の方が、よほど不自由な生活だった。

　なにしろ、そこは首都から遠く離れた田舎《いなか》の村で、行商人は年に数えるほどしかやって来ない。たいていのことは自給自足でまかなって、あとはただひたすら我慢の連続だ。

「だいたいこんな感じかな。あとは歩きながら教えるね」

「よろしくお願いします」

「うん！」と、大きく頷くバシュレは、先ほどよりも元気を取り戻したようだ。クロラに島を案内しなければならないという強い使命感に、落ち込んでいた気分も浮上したのだろう。

「お昼は美味しいとこがあるから楽しみにしててね。食堂のおじさんの奥さんが開いてるお店なんだよ」

「夫婦で料理人なのに、別々にお店を？」

「出す料理が全然違うの」

他愛《たわい》ない会話の合間にも、クロラはさりげなく街の観察を忘れなかった。道路や堤防などの公共施設に掛かる費用の一部には、グルア監獄の予算が使われている。注意して見ておくべきだ。

バシュレの言葉に相槌を打ちながら、クロラは周りをきょろきょろと見回す。街に降りるのはこれが初めてだ。物珍しげな態度でもおかしくはない。

「お菓子もあって、持ち帰りもできるんだよ。甘いものを売ってるところは少ないから、女の子たちにも人気《にんき》なんだ」

「それはいいですね」

一瞬、男子寮の玄関に放置されていた謎の物体——元はお菓子であったもの——が脳裏を過り、クロラは口元を引き攣らせた。恋人に贈ろうと買ったのはいいが、翌日に別れ話を切り出され気付いた時には黴が生えていた、という男子寮では有名な曰く付きの遺物である。

さっさと捨てればいいものの、触ったら恋人に振られる、もしくは好きな人に嫌われる、というよくわからない呪いが掛かっているそうで、誰一人として処分しようとする者はいなかった。

馬鹿馬鹿しいと、あとでこっそり捨てておいたら、翌日、なぜか一部の男たちが「呪いが降りかかる！」と叫び恐慌《きょうこう》状態に陥っていた。似たようなものを見つけたら、すぐにまた捨ててやろう。

「クロラ君は甘いものは好き？」

「あまり甘すぎなければ。疲れてる時なんかは食べたいと思います。ディナさんは好きそうですね」

「うん。大好き！」

バシュレは満面の笑みで頷いた。あとでブラトに教えてあげよう。嬉々としてバシュレにお菓子を貢ぐブラトの姿が目に浮かぶようだ。

「あとね、ゼータ所長も好きなんだよ。謝りに行く時に持参すると、支払いを分割にしてもらえるの」

「……覚えておきます」

　微妙な知識ではあるが、バシュレなりに給料を死守するために編み出した手段なのだ。一括にせよ分割にせよ、合計の金額が変わらないのであれば、賄賂のお菓子代は無駄ではないのか、という疑問は気付かなかったことにしよう。

「じゃあ、まずは堤防通りをぐるっと回って広場に行こっか。その頃にはちょうどお昼になるから、ご飯を食べて、買い物はそのあとだね」

「よろしくお願いします」

「うん。任せて！」

　誰かの役に立つことが嬉しいのか、バシュレは頬を染めクロラの腕を引っ張った。


　街の東側の一部に未開拓の森林が残っていた。面積は街の三分の一ほど。手前には開墾された畑が広がり、塩害に強いとされる野菜を中心に、複数の作物が育てられていた。農機具を使って、畑を耕す人の姿も見える。

「クロラ君、見て。これがグルア特有の島花なんだよ」

　森林の傍を散策していると、バシュレが嬉しげな声をあげた。指差した先には、小さな蕾《つぼみ》をつけた野花がある。色は白く、花びらの付け根の部分が少しだけ赤みを帯びていた。

　祖父の園芸趣味のおかげで、クロラも人よりは草花を知っているが、野畑の傍らに咲くそれははじめて見る種類だった。

「フィナの花っていうの。花はもう少し暖かくならないと咲かないけど。島一面がこの花で覆われるんだよ」

「それは見てみたいですね」

「あ、でもね、理由はわかんないんだけど、所長がこの花を嫌ってて、監獄の敷地内には一輪もないんだよ」

「……どうしてでしょうね？」

「匂いが嫌なのかなぁ。ほら、花って独特の香りがあるから。どんなにいい匂いでも、中にはむりって人もいると思うの」

「そうですね」

クロラはフィナの花を眺めながら頷いた。島を覆い尽くすほどの白い花は、さぞかし海の青にも映えることだろう。

「そろそろ広場に向かおっか。お昼にもちょうどいい時間だしね」

「はい」

クロラは歩き出したバシュレに続く。ここまではこれといって気になるものはなかった。軍の予算が割り当てられているということもあって、似たような大きさの島にある街よりは本土の都市に近い設備が整えられている。

軍人が街に降りることを考慮し、街にも金をかけたのか。いや、それでは基地が近くにある他の街にも、似たような設備が整えられていなければおかしい。以前、クロラが配属された国境近くの基地にも、同じように小さな街があった。しかし、設備は最低限で道路も舗装されていない箇所の方が多かった。この差はいったいなんなのだろうか。

「ここが噴水広場」

「けっこう広いんですね」

石畳の広場の中心には、円形の噴水が造られていた。

流れているのは真水である。夏場は水浴びする者たちで溢《あふ》れるらしい。島の周りは暗礁だらけで気軽に海水浴を楽しめる場所がないため、必然的にここに集まるようだ。

噴水の近くには四つのベンチがあり、街の人々が思い思いに座ってくつろいでいる。クロラはそれを眺めながら、帽子を深めに被り直した。

「噴水は生活飲料水としても使われてるんだ。監獄は水道設備が整ってるけど、こっちは工事が自己負担だから」

「そうなんですか」

見れば、確かにバケツを持って噴水に向かう人もいる。

「ここが、〝青空亭《あおぞらてい》〟だよ」

バシュレが足を止めたのは、広場の脇道を入ってすぐのところにある、真っ青な屋根が目印の店だった。

両開きの扉の脇には観葉植物が置かれ、白い壁には本日のお勧めの書かれた札が掛かっている。ちなみに今日は、〝ププカ〟という魚料理がお勧めらしい。

「こんにちはー」

慣れた様子でバシュレは店内に入って行く。遅れて足を踏み入れると、中年の女性と抱擁《ほうよう》を交わすバシュレの姿があった。

恰幅のいい女性で、普段着の上に真っ白いエプロンをつけている。バシュレくらいの子供がいてもおかしくはない年齢で、長い黒髪を後ろで一つにまとめ、前髪は可愛らしい髪留めで留めていた。

「ヘレンおばさん、久し振りです！」

「よく来てくれたねぇ、ディナちゃん。今月はもう顔を見られないかと思ったわよ」

「まだ大丈夫ですよ。今月は」

「先月もそう言って、月初めに来たきりだったじゃないの」

「え、そうでしたっけ？」

「まったく。忘れちまったのかい」

他愛もない会話の応酬《おうしゅう》が続く。その間にクロラは店内を見回した。

客席は四人掛けのテーブル席が六つで、カウンターには四人が座れるようになっている。店員は〝ヘレンおばさん〟の他に、十代半ばほどの少女が一人。もしかしたら、家族で切り盛りしているのかもしれない。昼前ということもあって、席は半分が空いている状態だった。

「あのね、ヘレンおばさん。今日は紹介したい子がいるの」

「お連れさんかい？」

二人の視線が向けられたことに気付いたクロラは、被っていた帽子を取る。真っ白な髪と褐色の肌が露わとなり、わずかではあったがヘレンの目が驚きに瞠られる。

「はじめまして。今月からグルア監獄に配属となりました、クロラ・リルです」

できるだけ愛想よく微笑めば、ヘレンも優しげな笑みを返してくれた。ただし店内にいる客から向けられる視線は、必ずしも好意的なものではない。グルア監獄へ配属される者は、なにかしらの理由を背負っているからだ。それに、クロラの見た目の問題もある。

「あたしは、ヘレン・ガライ。お宅の食堂で働いてる、アニバル・ガライはうちの旦那だよ。だからってわけじゃないけど、贔屓《ひいき》にしてもらえるとありがたいね」

「料理長にはいつもお世話になってます」

「ちゃんと食べさせてもらってるのかい？　それにしては小さいね」

身長のことを言われ、クロラは苦笑する。しかし、嫌味に聞こえないのは、ヘレンの明るい人柄と、本気でこちらを心配しているからだろう。

「クロラ君はまだ十七歳だから、今が成長期なんだよね」

身長のことを気にしていると思ったのか、バシュレが慌てたように口を開く。確かに十七歳は成長期だ。もっともクロラの実年齢はバシュレよりも二つ上なのだが。

「じゃあ、今年入隊したばかりかい。こんな辺鄙なところに配属されて可哀相に。よし、今日はちょっとおまけしてあげるよ」

「え、本当に！」

嬉しげな声をあげたバシュレに、ヘレンはやれやれといった様子で肩を竦めた。

「あんたじゃないよ」

ええー、とバシュレの落胆する声が響く。

ヘレンは笑い声をあげながら、「注文が決まったら、あの子に言っとくれ」と告げ、調理場へと引っ込んだ。

空いている席に座ったクロラとバシュレは、さっそく料理表を見る。定番の料理が数点と、名前だけではよくわからないものが数点、それと期間限定の料理が並んでいた。

「私はお肉。お肉にする」

「食堂ではなかなか食べられませんもんね。僕も同じものにします」

「街に出た時くらいは、自分の好きなものを食べなきゃね」

そう言って、バシュレは甘いものの欄を、眼を輝かせながら眺めている。ふと、彼女になにか言い忘れていることがあるような気がしたが、思い出す前に店員を呼ぶバシュレの声に思考を遮《さえぎ》られてしまった。

運ばれてきたのは、サライ産の牛肉を煮込んだ定番の家庭料理である。肉と一緒にたっぷりと入れられた大振りの野菜も食欲をそそった。付け合わせは固めのパンが二つと、蒸《ふ》かした芋《いも》である。芋はお代わり自由なので、好きなだけ頼んでいいらしい。

クロラの分だけ量が多めで、バシュレは恨みがましい視線を向けていた。

「美味しそう！」

「はい。いい匂いです」

一口掬《すく》ってみると、野菜の甘みと肉の旨《うま》みが口いっぱいに広がった。食堂で出されるものよりも、かなり手が込んでいる。付け合わせの芋には軽く塩が振ってあり、それだけでも食が進む。

気付けば会話もないままに、器を空にしていた。

「うっ……もう、むり」

「お代わりしてましたもんね」

「でも、甘いものは別腹だよ！」

運ばれてきた甘味を、バシュレは嬉々として頬張っている。クロラは焼き菓子はまたの機会にして、島特産の紅茶を味わっていた。色が濃いわりに渋みは少ない。香りがよくすっきりとした後味は、甘味にもよく合いそうだ。

「もうちょっとお給料がもらえたら、生活が苦しくても街で暮らすんだけどなぁ……」

「軍隊なのに、集団生活が強制でないところも珍しいですよね」

クロラのように特殊な任務に就いている者でもない限り、本土にある各基地では敷地内にある隊舎での集団生活が義務付けられている。地方ではちょうどよい建物を都合できずに、あぶれた者たちが近くに部屋を借りることもあると聞くが、それとは事情が異なる。

「所長が好きにしていいよ、って言ったんだって」

「そうなんですか」

「許可が下りない人もいるよ。酒癖や女癖が悪かったり、遅刻の常習犯だったりすると、申請を出しても通らないの」

バシュレは平然と答えるが、やはり外から見れば処罰ものだ。そもそも兵士を監督する側の所長が、おいそれと許可していいものではない。

なによりも、グルア監獄に配属させられるのは、本土でも手に負えない問題児ばかりだ。それで街に被害が出たら、どう責任を取るつもりなのか。

「街で揉め事にはならないんですか？」

「どうして？」

「中には気性の荒い方もいらっしゃるでしょう？」

「そうだね。酒場では怒声も飛び交ってるし。でも、揉め事を起こすと所長に怒られるから、みんな街中では大人しくしてると思うよ」

なんの疑問もなく告げられた言葉に、クロラは首を傾げた。所長に怒られるから、という可愛らしい理由で問題児たちが大人しくするのだろうか。

「どれくらいの人が寮を出て、街で暮らしているんですか？」

「んーと、人数的には男の人が多いかな。十五人くらい？　二人で部屋を借りて住んでる人たちもいるよ。女子は三人。でも、みんな既婚者で旦那さんと一緒に住んでるの」

「そういえば、所長はどこに住んでいるんですか？」

男子寮には所長の部屋はなかった。将官用に別の寮があるのかと思ったが、それらしい建物も見当たらず、かといって街で暮らしている様子もない。用事もないのに敷地内をうろうろしていると不審がられるため、未だにゼータの部屋を見つけられずにいた。

「所長室の脇だよ」

「……は？」

「いちいち通うのが面倒なんだって。かなり前に秘書室を私室に改造して、暮らしてるって言ってたよ」

クロラは思わず笑顔のまま固まった。さすがに責任者という立場から、監獄の敷地内で暮らしているだろうとは考えていたが、まさか所長室の横で生活しているとは誰が思うか。

「所長ってね、かなりの面倒臭がり屋なんだ」

「……そんな風には見えませんでしたが」

「そのうちにわかるよ」

バシュレはにこにこと、邪気のない笑みを浮かべる。困惑しながら、クロラは内心で溜息をついた。なんらかの手掛かりを掴むために、ゼータの住居に忍び込むつもりでいたが、所長室の脇となると一苦労である。留守を狙《ねら》おうにも、仕事場はすぐ隣なのだから。

「うん、美味しかった。おばさん、ご馳走様《ちそうさま》！」

調理場へと声を掛ければ、一仕事終えた様子のへレンが顔を出した。

「相変わらずいい食べっぷりだね。そんなに食べても体型が変わらないんだから、羨《うらや》ましいわぁ」

「おばさんのご飯は美味しいから、食べ過ぎちゃいます。あ、お土産用に、いつものお菓子を頼んでもいいですか？　買い物が終わったら取りに来ますから。クロラ君はどうする？」

「今回は遠慮しておきます」

クロラは首を横に振った。生活必需品を揃えるだけでもかなりの出費である。その上に菓子を買うほどの余裕はない。

「いいよ。散財しすぎて、お土産代がなくなったなんてことにならないようにね」

「大丈夫ですよー」

「本当かねぇ」

「大丈夫です！」

豪語《ごうご》するバシュレに、ヘレンは苦笑いを浮かべた。

しばらく世間話をしたあと、クロラたちはヘレンに見送られ、青空亭を出たのだった。

シエロは赤い屋根の店で、見るからに女性向けの外装が施されていた。先ほどの青空亭よりも入り辛い。

「手作りの小物がね、すごく可愛いの。寮のみんなも大好きなお店なんだよ」

「そうですか……」

バシュレの言葉も、今は右から左に流れていってしまう。次からは一人で来店しなければならない。よりによって、なぜこの店で働いているんだ、とクロラはまだ見ぬ伝達役を恨んだ。

「クロラ君は匂い袋だけでいいんだよね」

「ええ。同室の人にもあげたいので、二つ……いえ、三つは欲しいですね」

なぜ自分のぶんはないのだと、ブラトが文句を言いそうなので人数に入れておく。

「私は色々頼まれてるんだよねー。こないだ貨物船が来たばかりだから、今のうちにってみんな思ってるみたい」

「たいへん――」

ですね、と続けようとした言葉は、鋭い殺気に遮られた。反射的に身構えれば、少し離れた通りから、険しい形相《ぎょうそう》でこちらを睨む人物がいた。

年齢はバシュレより、三、四歳上か。背はかなり高い。切れ長の瞳で、顔立ちも精巧《せいこう》な人形のように整っている。腰まである長い髪は、後ろで一つに束ねられていた。

服装は全身がほぼ黒一色で、見慣れた軍装に裾《すそ》の長い外套を羽織り、下には乗馬靴を履いている。わずかな胸の膨《ふく》らみがなければ、同性だと勘違いしただろう。

視線が合った瞬間、また眼の鋭さが増した。距離があるというのに、クロラの背に冷や汗が流れる。相手はかなりの実力の持ち主だ。脳裏を、戦場での光景が過る。

「どうかしたの、クロラ君……って、まずい！」

がしっとクロラの腰を抱えたバシュレは、そのまま抱え上げると逃げるように店内へと入った。急に飛び込んで来た奇妙な客たちに、たまたま近くにいた店員が眼を白黒させる。

「危なかった……」

「あの、降ろしていただけませんか？」

「ご、ごめんね！」

慌ててクロラを降ろしたバシュレは、額に汗を滲ませ、恐る恐る外を窺う。しばらくして安全を確信できたのか、ほっと大きく息を吐いた。

「ディナさん、さっきのは……？」

「ごめんね。私、油断してた」

バシュレは申し訳なさそうに目尻をさげた。そして、店員に挨拶すると、人のいない隅へとクロラを誘導する。

店内はこぢんまりとしており、真ん中のテーブルに手作りの小物が置かれ、足下にはやや大きめの雑貨が並んでいる。壁際にある棚にも、色とりどりの布や、それで作られたハンカチや小さな袋が飾られ、可愛い食器も揃っていた。

「あの人、軍服を着てましたよね。監獄の方ですか?」

「違う。あの人は、警邏隊の隊長さんだよ。クロラ君は警邏隊のこと、なにか聞いてる?」

「はい。グルア監獄の人たちと、ものすごく仲が悪いんですよね」

「そうなの。お互いに気にくわないみたいで……。特に街中で会ったら、すぐに逃げてね」

「わかりました」

「特にさっき会った警邏隊隊長の、ララファ・クライシュナは超危険人物だから! 私なんて、いつも恐い顔で睨みつけられるの。警邏隊の人に迷惑を掛けちゃったことがあるから、きっと恨まれてるんだ……」


——ララファ・クライシュナ。

クロラの顔は凍りついた。脳裏を、上官ディエゴ・クライシュナの家系図が過る。

確か、歳の離れた妹が一人いたはずだ。彼女の名は、〝ララファ〟。兄を追って軍人になったとは聞いていたが、配属先までは知らなかった。

——せめてそれくらいは教えてくれ。

クロラは本土にいる上官に、心中で恨み言を述べた。


その後は、警邏隊と出会《でくわ》すこともなくクロラたちは無事に買い物を終えた。シエロでは、あえて伝達役を捜すことなく店を出た。

今のところディエゴに伝えなければならない情報はない。不用意な接触はできるだけ避けた方が賢明である。

買い物は必要最低限に留めたが、それでもかなり

の量となってしまった。もっとも、久し振りの街に興奮し、散財に走ったバシュレに比べれば可愛いものだったが。お前は本当に財布の中身を把握しているのか。

時刻はすでに午後四時を回り、空は赤く染まりつつある。寮に戻る頃には、見事な夕焼けが空を覆っているだろう。

「お、重いよ……」

「頑張ってください。あとはヘレンさんのところでお土産を受け取るだけです」

「そうだった！」

両腕に荷物を山のように抱えたバシュレは、悲しげな声をあげる。お菓子は嬉しいが、これ以上はなにも持てないと顔に書いてあるようだ。

「僕が持ちます」

「いいの？」

「後輩なんですから、荷物を全部持てと命じてもいいんですよ」

「そ、そんなことできないよ！　でも、ありがとう。今日はクロラ君の買い物だったのに、逆になっちゃったね」

バシュレは明るい声をあげる。今日の外出は、いい気分転換になったらしい。この分ならば、明日には自信と落ち着きを取り戻しているはずだ。雑居房の住人たちも一安心である。

「次の給料日が来たら、またヘレンおばさんのお店に食べに行こうね」

「そうですね――あ」

クロラは思い出してしまった。バシュレに告げなければならないことがあったのだ。

「どうかしたの？」

「いえ、あの……」

バシュレは荷物を抱えながら、不思議そうに首を傾げる。昨日はあまりにもバシュレの落ち込み具合が激しく、追い打ちを掛けるのが躊躇われた。そうこうするうちに、クロラもすっかり失念してしまったのだ。

「実は、大尉殿から伝えるように言われていたんですが……」

「なに？」

楽しくてしかたないといった、満面の笑みを向けるバシュレに罪悪感が募《つの》る。しかし、避けて通れる問題ではない。ここでクロラが言わなくても、いずれわかってしまうことだ——給料日に。

覚悟を決め、クロラは口を開いた。

「花瓶の件、忘れていませんか？」

「え、花瓶……？」

その返答が、すべてを物語っていた。次の瞬間、バシュレの悲痛な叫びが街に木霊する。

バシュレはまた当分の間、青空亭には顔を出せない。

第五章

ゼータからの呼び出しがあったのは、午後二時を過ぎた頃だった。受刑者たちを運動場へ引率していたクロラは、「所長が呼んでるぞ」とだけ告げたラケールに困惑した。

「とりあえず、行ってみろ。ここは俺が替わってやるから」

「では、お願いします」

頭を下げ、クロラは走り出した。

心当たりはない。まさか、正体がばれたのか。走りながら考えてみるが、クロラは「それはないな」と呟いた。

ディエゴの情報操作は完璧である。それに今は、グルア監獄の生活に慣れることを優先しているため、クロラは密偵として行動らしい行動をしていない。配属されたての兵卒らしく見えるよう、細心の注意を払ってきたつもりだ。これで勘付かれたとなれば、もうお手上げである。

受付で入館手続きをし、クロラは二度目となる本棟に足を踏み入れた。以前と違い、今回は一人だ。この絶好の機会に、内部を把握しておきたいという欲求が湧き起こる——が、クロラは自重した。

今はまだ足場を固めている段階である。好機が巡ってきたとしても、無闇に動くのは危険だ。守りに入り過ぎるのもよくはないが、ここは今までの任務とは難易度が格段に違う。

それに、まだ時間は充分に残されている。密偵として実績をあげてきたクロラは、焦りや不安がどれだけ危険かを嫌というほど理解していた。

所長室の前に立ち、扉を軽く叩く。しかし、返答はない。席を外しているのだろうか、と首を傾げた時だった。

背後に殺気を感じた。振り返ろうとしたが、それよりも早く両腕を摑まれてしまう。相手の鳩尾《みぞおち》に肘を叩き込もうにも、腕を拘束する力が強く思うように動かせない。せめて身を捩《よじ》ろうと試みた時、クロラは背中に押しつけられた柔らかな塊に硬直した。

「おやおや、青少年には刺激が強すぎたかな？」

耳元で甘い声が響く。クロラはとっさに、後ろへ足を蹴り上げた。これには拘束も緩み、その隙をついて距離を取る。

振り向くと、蠱惑《こわく》的な笑みを浮かべる美女が立っていた。濃いめの化粧は、はっきりとした顔立ちによく似合っている。身長はクロラよりもかなり高い。はじめて会う女性だったが、なぜかクロラは既視感を覚えた。

服は将官用の軍装だ。大胆にはだけた胸元からは、豊満な胸が覗いている。女より金、と断言して憚らないクロラは、相手を見定めるように眼を細めただけだった。

「ふむ。なかなかやるな」

一つに束ねられた癖のある長い髪が、女の動きに合わせ大きく揺れる。次の瞬間には距離を詰められたクロラだったが、先ほどとは違い体は冷静に反応した。

伸びてくる腕を、重心をずらすことで躱《かわ》す。先ほど感じた殺意は、今は消えていた。相手にこちらを害する意図はないようだ。

「意外とすばしっこいな」

「くっ！」

真っ赤な唇が、喜色を帯びるように歪められた。瞳に宿る肉食獣のような獰猛《どうもう》な光に、クロラは背筋を震わせる。次々と繰り出される猛攻を避け続けるが、どう足掻《あが》いても反撃に転じる隙がない。

本棟に入る際は、武器一式を受付に預けなければいけないため、悲しいことにクロラは丸腰だ。万が

一、身体検査を受ける可能性を考え、持参してきた暗器は部屋の中だ。
「女だと思って手加減してくれてるのか？」

嘲《あざけ》りを含んだ声音に、クロラは唇を噛み締めた。

手加減など、できるわけがない。一瞬でも気を抜けば、即座にやられてしまう。

「ふん。それなりにもった方か……？」

強烈な足蹴りを両腕で防いだのはいいが、勢いを殺し切れずクロラは壁に背中を打ちつけた。一瞬、息が詰まる。だが、視線は相手からわずかも逸らさない。敵を見失ったら死ぬと思え、というのが祖父の教えだ。

クロラは冷静に状況を判断する。

相手がグルア監獄の関係者であるとは断言できない。軍服を手に入れるのは、それほど難しいことではない。変装した外部の人間である可能性もある。

しかし、攻撃の理由は不明だが、自分を殺すつもりはないらしい。わずかでも殺意があったならば、すでにクロラは死んでいるはずだ。

目的がわからない以上、この女に付き合い続けるのは危険。ならば逃げ道を探すのが最善だ。まずは安全を確保し、相手の情報を得なければ。

「ふむ。私が、そうやすやすと獲物を逃がすとでも思うか？」

考えを読まれ、ぞっとした。相手は恐ろしいほど戦い慣れている。唯一の逃げ道である階段前を塞《ふさ》がれ、クロラは舌打ちした。

「さて、お遊びはここまでだ」

彼女の声に思考が遮られた。

相手の隙をついて逃げることが、こんなにも難しいとは。クロラは奥歯を噛み締めた。

より鋭さを増した攻撃に、体力を削られる。まださほど時間が経っていないにもかかわらず、全身に汗が滲む。まるで祖父を相手にしているようだ。

「だめだな。逃げようとしている限り、私に隙は生まれんぞ」

挑発だとはわかった。だが、クロラは反射的に攻撃を仕掛けていた。このままではやられる。だからわかっていても、誘いに乗った。

女は艶然《えんぜん》と微笑んだ。

足に力を入れる。相手の懐に入った。そう思った時には、天井が見えていた。

「――速さは悪くない。しかし、軽いな」

視界いっぱいに女の顔が広がる。足払いを掛けられたのだと、すぐに気付いた。仰向《あおむ》けに倒れたクロラの上に馬乗りになった女は、真っ赤な唇を見せつけるように舌先でなぞる。

「退《ど》いてください」

相手から殺意は感じられない。自由を奪われたままではあるが、気持ちは不思議なほど落ち着いていた。圧倒的な力の差に、感覚が麻痺してしまったようだ。

動じないクロラが意外だったのか、女は可笑《おか》しそうにのどを鳴らす。

「どうしようか？」

「退いてください」

「悩むな」

両腕は相手の手で床に縫《ぬ》い止《と》められ、腹の上に乗られているせいで、身を捩って脱出することもできない。女はそんなクロラを見て、楽しんでいるようだ。

これはもう、どうしようもない。匙《さじ》を投げ掛けた時、救いの手は意外なところからもたらされた。

「なにしてるんですか、あんたは」

呆れ混じりの救いの声。助かった、とクロラは安堵《あんど》した。女は馬乗りのまま、呆れ顔のラケールを見上げる。

「お前に用はないんだが」

「今日はこっちだから、心配になって様子を見に来てみたら正解でしたね。なんでクロラ・リル一等兵を押し倒してるんですか」

「ちっ、これからベッドに引き摺り込むつもりだったのに」

「いい加減にしないと、いつか後ろから刺されますよ」

「やれるものならやってみろ」

頭上で交わされる会話の成り行きを、クロラは無言で見守った。ラケールと謎の美女はかなり仲がいいらしい。しかし、このやりとり、強烈な既視感があった。

「まず、リル一等兵から退いてください。これで女が苦手になったら、どう責任を取ってくれるんですか」

「私が責任を取るしかないな」

「あまりにも可哀相なんで止めてください」

「しかたない」

不服そうに美女はクロラを解放した。クロラは距離を取り、相手を睨みつける。ラケールの知り合いとはいえ、先ほどのことは許されるものではない。

クロラの警戒心が混じった視線に気付くと、女は真っ赤な唇に弧を描いた。

「この格好では初めまして、だな」

「……どこかでお目にかかりましたか？」

「十三日前に、所長室で顔を合わせたばかりだ」

グルア監獄に来た初日、所長室で会ったのは、ゼータとラケールの二人のみ。今の台詞《せりふ》を素直に受け止めれば、この美女はゼータ本人ということになるが、体型がまるで違う。しかし先ほど感じた既視感は……まさか。

驚きを隠しつつ、クロラは口を開いた。

「ゼータ所長ですか？」

「面白くないな。もっと派手な反応を期待していたのに」

不機嫌そうに口元を歪めたゼータは、クロラの脇を素通りして所長室へと入っていった。その後ろを、苦笑しながらラケールも追う。

「ほれ、お前さんも入れ」

ラケールに襟首を掴まれ、クロラは引き摺られるように室内へと足を踏み入れた。ゼータはすでに所長席へと腰を下ろしている。

「……説明していただけますか？」

「私はミル族だ」

告げられた言葉に、クロラは驚くと同時に納得もした。男女どちらの性も併《あわ》せ持《も》つ人間を、医学ではスティル体と呼ぶ。ミル族は、そのスティル体が多く生まれることで知られている。

過去、彼らはキールイナ大陸から離れた島で暮らしていた。しかし、百年前のこと。火山の噴火に伴《ともな》い、島民の大半がキールイナ大陸への移住を余《よ》儀《ぎ》なくされた。三ヶ国の中でも、サライ国に住み着いたミル族が多いのは、見た目が変わらなかったことと、自分たちの種族性が合っていたからだと言われている。

狩猟民族であった彼らは、身体能力に優れているのだ。視覚、聴覚、嗅覚、どれをとっても他種族より優れているという結果が出た。サライには、まさに打ってつけの特性だったのだ。

ミル族は上手い具合にサライに溶け込んだように見えた。だが、彼らは排他的だった。自分たちと異なる特徴をもつ種族との婚姻《こんいん》を拒み、血の濃さを保つことを望んだ。

それが人口の減少へと繋がり、最強とされたミル族はキールイナ大陸から消えつつある。クロラもこうして目の前にするのは、初めてのことだった。

「所長、それだけじゃわからんでしょう」

「んん？　ミル族は有名だろ」

「いやいや、そうじゃなくて、リル一等兵はいきなり襲われたんですよ。その理由も説明してやってください」

「無防備に背中をさらしているものだから、つい襲いかかってしまった。怠慢だな、クロラ・リル」

まさか所長室の前で、所長本人に襲撃《しゅうげき》されるとはクロラも思ってもみなかった。だが、確かに襲ってきたのが本物の不審者だった場合、クロラの命はなかっただろう。だからといって四六時中、周囲を警戒するのも馬鹿らしい気がする。

「以後、気をつけます。ところで、一つ質問をよろしいでしょうか」

「許可する」

「どうして外見を使い分けているのですか？」

正確には、外見と性格を、である。男性の格好をしていた時は、穏やかで部下思いな上官という印象が強かった。しかし今は、〝傍若無人〟という言葉がぴったりなほど様変わりしている。

「気分だ」

「…………」

「それに私はむらのある性格でな。穏やかな時もあれば、荒ぶる時もある」

臆面もなく告げるゼータに、クロラは唖然とする。どうりで、ゼータにかんする情報が一貫していないわけだ。

「ちなみに私は男女どちらでもいける口だ」

「どんな情報ですか、それ」

「いたいけな新人兵の心を奪ってしまったのなら、責任を取らなければならんだろ」

「リル一等兵。絶対に所長と二人っきりになるんじゃないぞ」

ラケールの眼は真剣だった。むろん、忠告されなくてもゼータと二人きりになるなどごめんである。命がいくつあっても足りない。

「さて、私にもお前にも仕事はある。さっそく本題に入るか」

そういえば、クロラがここへ来たのはゼータからの呼び出しがあったからだ。あまりの衝撃に、すっかり頭からこぼれ落ちていた。

「お前の歓迎会兼模擬訓練を行おうと思う」

「……なぜ、二つのものを合体させるのでしょうか」

「その方が楽しいからだ」

ラケールへ助けを求める視線を送るが、気まずげに逸らされてしまった。

「今までに行われてきた通過儀礼のようなものだ」

「新入りには、いつもこのようなことを？」

「毎回ではない。私の気が向いた時にやっている」

つまり今回は運悪く、ゼータが開催する気分になってしまったということか。視界の端に映るラケールが、実に気の毒そうな表情を浮かべていた。

「模擬訓練は、グルア監獄が襲撃された場合を想定して行う」

「通常の日課はどうなるのでしょう？」

「囚人たちもたまには休みが欲しいだろう。どうしても必要なことは、午前中に終わらせればいい。開始は午後からだ。監房棟には最低限の人員を配置する」

幾度か模擬訓練を行っているのだから、その点は問題なく振り分けられる経験があるのだろう。

「襲撃者役は四人。お前は襲撃者側の頭として動いてもらう。こちら側の武器は、軍用の小銃のみだ。弾は染料が入った弾丸。それが頭か胸に命中すれば脱落だ。襲撃者側は小銃に加え、塗料が染み込んだ樹脂製の軍用ナイフ、それに殺傷力の低い武器の使用を許可する。棒や縄、石くらいしか使えないが、ないよりはましだろう。刃物類は却下だ。重傷者や死人を出すと、本部がうるさいからな」

「事前に申告は必要ですか？」

「いらん。手の内を見せては、ただでさえ少ない勝機がなくなってしまうだろう？」

猫が鼠《ねずみ》をいたぶるような眼で、ゼータはクロラを見た。

「場所は本棟を除いた敷地の一部と、旧監房を使う。そこならば多少壊れたところで問題はないからな。時間は正午から午後六時まで。所長室にいる私に染料弾を当てるか、旧監房棟内の地下室へと続く階段に到達するかすれば、襲撃者側——お前の勝ちだ。四人全員が失格となれば、その時点で襲撃者側の負けとなる。時間内に決着がつかなかったら引き分けだ」

「旧監房棟とは？」

「グルア監獄が造られた当時に、使われていた施設だ。現監房棟の二倍の大きさで、地下にも囚人たちの収容場所が設けられている。所長室や事務室、食堂も、元はすべてそこにあった。今は訓練施設として残してある」

そんな場所があったのか。未だに敷地内を把握していないクロラは、突然巡ってきた好機に内心で笑みを浮かべた。これを機会に、監獄の内部を把握できる。

「仲間は、好きに選ぶといい。実力者で揃えるのもありだぞ。ラケールに聞けば、誰が有望か教えてくれるだろう」

「わかりました」

「人選の猶予は明日までだ。決まったら、ラケールに伝えてくれ。模擬訓練は五日後に行う。その間、敷地内を自由に見学して回っていいぞ。むろん旧監房棟の内部もだ。特別に許可してやる」

「よろしいんですか？」

「襲撃者側も、事前に構造を調べるくらいのことはする。それに、訓練がすぐに終わってしまうのもつまらんからな」

ますますクロラにとっては都合のいい展開だ。だが、脳裏で警報が鳴った。

所長という立場から、ゼータも本土で巻き起こっている論争について、報告を受けているはずだ。なにしろ槍玉《やりだま》にあがっているのは、このグルア監獄なのだから。

当然、密偵を警戒するはずだ。ディエゴも指摘していたことである。自分がゼータの立場だったら、この時期に模擬訓練は行わない。密偵の疑いが残る人間に、絶好の機会をくれてやるようなものだ。

――もしもすべてを承知のうえで、ゼータが決断したというのならば。

勝ちを取りに行くか、それとも無難なところで負けるように動くか。クロラの脳裏に、様々な思惑が渦巻く。

「警戒を怠っていたのは言語道断だが、その後の反応はなかなかだった。さすが入隊試験を優秀な成績で合格しただけある」

ゼータの指摘に、クロラは己の経歴書を思い出した。むろんディエゴが改竄《かいざん》したものだが、身体能力試験や筆記試験の成績はクロラの能力に合わせ、真実が記載されている。

その点を疑問に思っていたが、その意図がここで明らかとなる。

「まあ、そのせいでここへ左遷されたようなものだがな」

「どういうことでしょうか？」

「なんだ、気付いてなかったのか。優秀な芽は、若い内に摘んでしまうということだ。それにお前は見た目の問題もある。差別主義が蔓延《まんえん》する軍では、目障りということだ。ラケールや私と同じでな」

「さらりと俺の事情をばらすのは、やめてもらえませんかね」

ラケールは嫌そうに顔を顰めた。どうやら、ラケールの左遷も種族差別が原因だったようだ。

「先ほどのように最後まで食い下がってほしいものだ。期待してるぞ、クロラ・リル」

「ご期待に添えるよう、努めます」

「面白味のない返答だな。まあ、いい。伝えることは以上だ。なにか質問は？」

「ありません」

「ああ、そうだ。一つ言い忘れた。模擬訓練でお前が勝ったら、一つだけ望みを叶《かな》えてやろう」

「望み、ですか？」

「あくまでも、私に叶えられる範囲のものだがな。まあ、勝率は低いだろうが考えておけ」

「はい」

ようやく解放される、とクロラが内心で安堵した時だった。誰かが所長室の扉を叩く音がした。それを耳にしたゼータとラケールの態度は両極端だった。前者は面白そうに口元を歪め、後者は逆に引き攣らせる。

「入れ」

「――失礼します」

姿を見せたのは、ラケールよりも若い男性だった。短く整えられた髪を後ろに流し、皺一つない軍服を隙なく着こなしている。

神経質そうな容貌《ようぼう》には、眉間《みけん》に縦皺がくっきりと刻まれていた。身長は高くもなく低くもない。体型はやや細めだろうか。

「これはこれは、カミロ・オールステット少佐殿。本日はどのようなご用件で?」

ゼータは澱みのない口調で告げる。しかし、その瞳に浮かんだ獰猛な光は、まるで鼠をいたぶって遊ぶ猫のようだ。

クロラは素早く壁際に立っていたラケールの隣に移動した。ラケールはうんざりした顔をしているが、退出するつもりはないらしい。

「模擬訓練の話を聞きました。このような有事の際に不謹慎です。中止を要請します」

「有事? この島は平和そのものだ。本土の下らない確執を持ち込まれては困る」

「問題の中心が、ここなのです」

話の内容から推測するに、このオールステットがブラトの言っていた〝調査官〟なのだろう。まさかこんな場所で会えるとは、とクロラは相手に気付かれないように全身を観察した。

「先にヘマをしたのはそちら側だぞ?」

「……ゼータ所長。部外者のいる前で迂闊《うかつ》なことは言わないでいただきたい。そこの君もさっさと退室しなさい」

オールステットの鋭い視線がクロラへと向けられる。敬礼し、命令に従おうとするが、それをゼータが遮った。

「生憎と、リル一等兵との話はまだ終わっていない。

遠慮すべきは貴殿の方だぞ」

いや、話は終わっただろ、とクロラは顔を引き攣らせた。ゼータに視線を向ければ、意地の悪い笑みが返された。

どうやら、部外者をここに置くことでオールステットの言動を抑制するつもりらしい。裏を返せば、そうやっていじめて楽しんでいるのだ。

「こちらの方がより重要です」

「話を聞いてもいないのに、どうして断言することができる？　それとも、オールステット少佐殿は扉に張り付いて盗み聞きでもしていたのか？」

「侮辱ですぞ！」

とっさに声を荒らげたオールステットだったが、クロラとラケールの存在に思い至ったようだ。取り繕《つくろ》うように空咳をする。

「模擬訓練の話だということくらい推測がつきます。それを中止していただくのですから、これ以上の話は不要です」

「誰が中止すると言った？」

ゼータは相変わらず食えない笑みを浮かべている。しかし、オールステットに向けられた視線には、殺気が滲んでいた。それに気付いたオールステットだったが、表情を硬くしただけで中止要請を撤回する素振りは見せない。思わずクロラは心中で拍手を贈る。

「有事の際だと、何度申し上げればいいのですか」

「だからこそ、余計に訓練は必要だろう？　いつ何時、密偵が放たれるかわからんのだからな」

「あなたは、ご自分の置かれている立場を理解しているのですか」

「そちらこそ、上層部からの命令を履き違えているのでは？」

オールステットはなにかに耐えるように唇を噛み締めた。意味ありげなやりとりに、クロラは己の推測が正しかったことを確信する。

調査官の派遣は、改革派の議員側へ向けた演技である可能性が強まった。おそらくオールステットも、上層部から調査はしなくていいと命じられているはずだ。

　グルア監獄の秘密についてまで知らされたかどうかは、この時点では判断できない。ただ、ディエゴがどれだけ調査してもわからなかった機密を、おいそれと漏らす確率は低い。オールステットはなにも知らされず、グルア監獄に送られたと見るべきか。

「貴殿はただここにいればいい。そうかからずに本土から迎えの船が来るだろう。その馬鹿正直な正義感はしまっておいた方が身のためだぞ」

「——失礼する」

「それと、ささいな規則違反くらいで、可愛い部下たちを反省室送りにするのは止めてもらいたいな。私が許可しているのだから」

　オールステットが軍人として正常な感覚を持っているならば、グルア監獄のこの惨状は許しがたいものがあるはずだ。軍の規律も、ここではあってないに等しい。

　案の定、オールステットは侮蔑的な視線をゼータに向けた。

「私は軍人として、正しい判断をしたまでです」

「生憎と、ここでは私が規律だ」

「それ自体が、軍規に違反していると言っているのです！」

「なら、軍の上層部に私を替えろと掛け合ったらどうだ？　結果は変わらないがな」

　挑発的な言葉を受け、オールステットは顔を怒りで真っ赤に染めながら退出した。足音が遠ざかると、ラケールが盛大な溜息をつく。

「少佐殿をからかって遊ぶのは止めてもらえませんかね」

「いいじゃないか。最近は、面と向かって刃向かう者がいなくて退屈していたんだ」

「警邏隊のお嬢さんがいるでしょう」

「あれはあれだ。たまには別の犬で遊ぶのも楽しい

「彼はカミロ・オールステット少佐。本土からわざわざやってきた調査官の一人だ」

　ということは、オールステットの他にも調査官はいるということか。しかし、それらしい人物には会った記憶はない。一応、名前と顔、配属場所は覚えるようにしているので、見覚えがなければすぐにわかったはずだ。

「調査官、ですか」

「お前も本土にいたなら、グルアが議員らの標的となっているという話を知らないか？　少佐はその関係でここに来ている」

　そこまで新入りに話していいものか、とクロラは訝《いぶか》しんだ。お前には関係のないことだと、退出を命じられるのが普通である。

　ゼータは他の部下に対しても、ここまで明けっ広げなのか、それともクロラを密偵と疑い、反応を試しているのか。疑心ばかりが募る。

「ちなみに彼らは警邏隊に押しつけたから、敷地内じゃないか」

「とばっちりがこっちに来るんですよ……」

　ラケールはオールステットより階級が低いため、よい八つ当たりの相手だ。以前、ブラトが「粗探しが趣味です、っていうくらいねちねちした奴でさ」と言っていたが、本人を見た今では同意することができる。

　もっとも軍人として共感が持てるのは、ゼータではなくオールステットの方だ。彼の憤《いきどお》りは、共感できる部分が多い。むしろ軍人として当然の反応だ。

「リルも驚いたよなぁ」

　恐かっただろ、とラケールはクロラの頭を撫でる。恐かったというよりは、ゼータに弄ばれるオールステットが気の毒でしかたなかった。あれは確実に、オールステットの反応を見て楽しんでいたに違いない――いつまでも頭を撫でるな。

　払い除《の》けたい気持ちと葛藤《かっとう》しているところに、ゼータの声が聞こえた。

では見かけないはずだ。オールステット少佐だけは例外だがな」

絡まれないように気をつけろよ、とゼータは忠告する。どちらかといえば、軍人然としたオールステットよりも、本音の見えないゼータの方が苦手である。

「そろそろ勤務に戻るぞ。所長もいいですね？」

「ああ。模擬訓練を楽しみにしているからな」

「はい」

頷き、クロラは一瞬ではあったが、ゼータから意識を逸らした。しかし、気付くと目の前に、椅子に座っていたはずの相手が立っている。動くことができずに固まっていると、ゼータの手がクロラの髪に伸びた。

「――私は白い髪と赤い眼が嫌いなんだ。眼の色は違っててよかったな。こっちは、私の好きな色だ」

指先がクロラの髪に触れる。逃げ出したい衝動を抑えつけられたのは、経験の賜物《たまもの》だろう。そこにラケールの呆れ声が響く。

「だから、うちの部下をいじめないでくださいよ」

「どこがいじめているように見えるんだ。お前の目は節穴か」

「どう見たって、脅《おど》してるでしょう。ほら、クロラも固まってないで行くぞ」

入室した時と同じように、クロラはラケールに襟首を掴まれ廊下に引き摺り出された。立っていられずに、その場にしゃがみ込む。今頃になって、心臓がうるさいくらい脈打つ。完全に油断していたところに、あれはかなり堪《こた》えるものがあった。

「お、やっぱりむりだったか」

返答する気力もない。これぱかりは、演技も必要なかった。

「色々あったが、うちの所長様はどうよ？」

「どうって……」

たった一瞬で、ゼータは音もなくクロラの前に降り立った。髪に触れられた瞬間、感じたのは紛れもない殺気。

背後から襲われた時とは、比べものにならないくらい強烈だった。殺されると、本気で錯覚するくらいに。今頃になって、ゼータに襲われた際に打ちつけた背中が痛み出した。

気持ちを落ち着かせ、クロラは立ち上がる。差し出されたラケールの手を遠慮したのは、せめてもの矜持《きょうじ》である。階段を降りながら、クロラは先ほどの問いに答えた。

「……あの人は、海みたいな人ですね」

穏やかな日もあれば、荒ぶる日もある。それ以上に、底が見えないほど深い深い部分が、恐ろしいほどによく似ていた。

「海ねぇ。言い得て妙だな。ところで、お前さんは誰を仲間に選ぶつもりなんだ？」

「まだ決めてません」

「ちなみに俺は、いつも一番人気だぞ」

自信ありげに言うだけあって、ラケールは見るからに頼りになりそうだ。それに、襲撃者側に実力者を集めれば、監獄側の防衛力を少しでも削ぐことができる。

「模擬訓練はよく行われているんですか？」

「まあな。三ヶ月前にもやったぞ。面白そう、もしくは、むかつく新入りが来ると、所長の悪戯《いたずら》心に火がつくんだとよ。お前さんは気に入られた口だから安心していいぞ」

果たして真に受けていいものか。本棟を出たあとの別れ際に、「二人きりにはなるなよ。とって食われるからな」という忠告に、薄ら寒さを感じるクロラだった。


夕食を終え寮へと戻ったクロラは、さっそく模擬訓練についての情報を集めることにした。といっても、訊ねる相手は二人しかいない。

「今までに、襲撃者側が勝ったことはあるんですか?」

暖かくなったせいで悪臭がきついのか、ブラトは毎日のようにクロラたちの部屋に泊まっていくようになった。自分の部屋から毛布と椅子を持参し、簡易ベッドまでこしらえている。

「一人だけだな」

「え、いるんですか?」

「おう。なにを隠そう、ゼータ所長本人だ」

なぜか、自慢げに胸を張るブラトに、クロラは眉を寄せた。

「所長が襲撃者側になったんですか?」

「その前の話らしいぞ」

意味がわからずに困惑していると、ベッドで本を読んでいたハイメが顔をあげた。

「あの人は、初めから所長として赴任したわけじゃない」

「そうなんですか?」

「十五年前に前任者が除隊し、その後を転属して間もないゼータ所長が引き継いだんだ」

裏が有りそうな話だが、その辺りの事情はディエゴも独自に調べているはずだ。

「模擬訓練はそんな前からあったんですね」

「ふふふ。聞いて驚くなよ。所長は、なんと一人で挑戦したんだぜ」

「それはまた、すごいですね……」

他の人間なら、無謀の一言だ。だがあの、、、ゼータを見たあとでは納得するしかない。なんの躊躇もなく、自分一人でじゅうぶんだと豪語しそうだ。

「で、クロラは誰を仲間に選ぶんだ?」

すでに模擬訓練開催の情報は、兵士たちに伝えられている。娯楽に飢えている者たちは、さっそく賭けを始めていた。いいな、賭け。この性格設定でな、、ければ、自ら率先して参加していただろうに。

「考え中です」

「俺のお勧めはラケール大尉だな。小銃を持たせたら、右に出る人はいねぇよ!」

「大尉殿は狙撃が得意なんですか」

「射撃室で、たまーに練習してるぞ」

本棟のすぐ脇にある訓練場は、本土の基地にあるものと遜色《そんしょく》はなかった。屋内には射撃室もあり、銃の訓練をすることができる。監獄とはいえ、クロラたちも軍人に変わりないため、週に一度は訓練が義務付けられていた。

「あまり悩むな」

ハイメの長い腕が伸びてきて、クロラの頭をくしゃくしゃと撫でた。あくまでもこれは歓迎会兼模擬訓練であり、必ずしもよい成績を収める必要はない。むしろ新入りの通過儀礼的なものだ、と言いながら。

「ブラス先輩とハイメさんも、模擬訓練で襲撃者側になったことがあるんですか？」

「レジェスがやってきたのは真冬だったから、寒がりの所長は気分が乗らなかったらしい。俺の時はなぜかなかった」

あったら絶対に活躍してたのにな、とブラトは残念そうに愚痴《ぐち》を零す。それは、ゼータに気に入られることもなければ、嫌われることもなかったということだ。羨ましい限りである。

「とりあえず、頑張れよ。訓練中にお前を見掛けても、一回くらいは見逃してやるからな」

クロラの肩を励ますように叩き、ブラトは当然のように寝床の準備をはじめる。枕元には、先日クロラが買ってきた匂い袋が置いてあった。「女の持ちもんじゃねぇか」と文句を言いつつも、しっかりと使っているようだ。

「じゃあ、僕もそろそろ休みますね」

毛布を頭まで引き上げれば、開いた窓から響く波の音が大きくなった。枕元に置いた匂い袋が、柑橘《かんきつ》系の爽やかな香りを漂わせる。

脳裏を占めるのは、目の前に突きつけられた殺気。身構える余裕すらなかった。二度、自分は殺されていた。呼吸さえ奪われそうなほど鋭い殺気。思い出すだけで全身に震えが走る。戦場とは、また違った感覚だ。

敵国から、〝怪物〟と称された祖父が、たまに見せた仄暗《ほのぐら》い狂気。漆黒の瞳よりも深く、淀んだ光。それに似たものを、クロラはゼータの中に見た。

あの人もまた、闇を抱える人間なのだ。

理解しようと思わない方がいい。クロラはそっと溜息をついた。

ああいう人だとわかった今、悩むのは模擬訓練の人選と、勝ち負けの選択だ。常道ならば相手の油断を誘うためにも、負けておいた方がいい。人選も上官であるラケールを筆頭に、第三監房棟の面々で揃えるのが無難だ。

だがそれで、はたしてあのゼータを欺《あざむ》けるだろうか。わざと負けたと気付かれるのだけは避けたい。ならば、勝ちを目指すべきか。

クロラは頭から毛布を被り、様々な可能性を検討する。結局、眠りについたのは明け方のことだった。


翌日、クロラはラケールを捜した。出勤札は裏返されていない。もう少しで交替の時間なので、できれば今のうちに捕まえておきたかった。

第三監房棟の前できょろきょろしていたクロラを、一つの声が呼び止めた。

「あ、いたいた！」

大声に顔を向ければ、初日に会ったアバルカスが駆け寄ってきた。そういえばあれ以来、会うのは久し振りである。

「寮でも食堂でも捕まらないから焦った。お前を捜してたんだよ」

「なにかご用でしょうか？」

「模擬訓練、俺を仲間に入れてほしいんだ」

クロラは口元が引き攣りそうになった。なぜ、わざわざゼータに眼をつけられている人物を仲間にしなければならないのか。

だが、そんなクロラの内心などお構いなしに、アバルカスは話を進めていく。

「三ヶ月前に俺もやったんだけどさ、ぜんぜんだめで。もう一回、所長に挑みたいんだ！」

頼む、とアバルカスは頭を下げる。出勤してきた同僚たちが、立ち止まってこちらに顔を向けてきた。いつもは素っ気ない態度の彼らも、今日ばかりは興味津々といった視線を向けてくる。ここはさっさと断ろうと、クロラは口を開いた。

「申しわけありません。仲間はすでに選び終わりました。所長にも伝えたあとです」

「誰にしたんだ？」

「すぐにわかるかと」

「えー、絶対に俺の方が使えるのに」

アバルカスは不満げに口を尖らせた。

模擬訓練において、防衛する監獄側は、単独行動は禁じられている。上官の指示に従い、その通りに動かねばならないのだ。

ひょっとしたら、アバルカスはこの機会に、普段ならば足を踏み入れられない場所——所長室の隣に侵入したいのかもしれない。もしくは単に負けん気が強いだけか。どちらにせよ、クロラにしてみれば迷惑以外の何物でもない。

「今からでも、変更できるって」

「本人にもお願いしてしまったんです」

「えー、そこをなんとか！」

「………」

「頼む！」

なおも粘る相手に、クロラは溜息を堪えるのがやっとだった。とりあえず、なんとかしてこの場を凌《しの》ごう。クロラは現状打開の一言を口にした。

「そろそろ交替時間です」

「あ、そうだった。俺は仲間にしてもらうまで諦めないからな！」

慌ただしくそれだけを告げると、アバルカスは風のように走り去った。精神的な疲れに肩を落とすと、クロラの背中を大きな手が叩く。

「朝からたいへんだな」

「……見ていたのなら、助けてください」

「いやー、苦手なんだよ。ああいうの」

ささくれた感情を抑え込み、クロラはアバルカスに対して先手を打つべく、ラケールに一枚の紙を見せた。

「所長に渡してください」

「お前、もう伝えたって」

「嘘です」

ああでも言わなければ、アバルカスは強引にねじ込んできた。だが今回の作戦に、独断専行するような仲間はいらない。

「お前、大人しそうな顔して酷いな」

「大尉殿には言われたくありません。ところで、選ばれた人間に拒否権はありませんよね？」

「ないが……おい、さすがにこれは」

一覧に眼を走らせ、ラケールは口元を引き攣らせる。そして、確認するようにクロラを見た。

「これで、本当に間違いはないのか？」

「はい」

クロラは自信を持って頷いた。過去の模擬訓練の話を聞いてわかったことがある。ゼータを除き、どんな実力のある者たちを仲間にしても、けっきょく勝利を掴んだ者はいなかった。ならば、同じような人選をすれば、必然的に負ける。勝ちたいならば、知恵を絞《しぼ》る必要があった。

クロラは悩んだ末に、勝つことを選択した。後押ししたのは、ディエゴの言葉である。

——〝演技するとはいえ、能力を惜しむな。出し惜しみは、逆にあいつの不審を買う〟

ディエゴの言葉を信じるなら、目立つことを恐れて手を抜けば逆に怪しまれてしまう。だから、クロラは本気でゼータに挑むつもりだ。この人選も、そのために考え抜いた結果である。

「申しわけないのですが、アバルカス少尉殿がなにか言ってきたら、もう変更はできないと言ってもらえますか?」

「まあ、この人選じゃあ諦めなさそうだな」

「よろしくお願いします」

「わかった。所長にも言っといてやるよ。あの人はアバルカスを嫌ってるから、嬉々として妨害してくれるはずだ」

「それと、旧監房棟の見学もしたいのですが」

「ああ、いつでもいいぞ。ただし、不正防止のために俺も同行することになる。事前に罠《わな》を仕掛けようとする奴もいるからな。ま、念のためだ。案内役とでも思ってくれ」

「はい。よろしくお願いします」

不意に、交替を知らせる時報が鳴り響いた。もうそんな時刻になっていたらしい。そして、この日の昼。館内放送によって、襲撃者側の名前が読み上げられた。

『クロラ・リル一等兵。カルディナ・バシュレ一等兵。ブラス・ブラト一等兵。レジェス・ハイメ一等兵——以上の四名を、襲撃者役に任ずる』

さっそく、ゼータは妨害策を講じてくれたようだ。食事の手を止めたっきり動けないでいるバシュレを眺めながら、クロラは笑みを浮かべた。

第六章

襲撃者側の発表があった翌日、受刑者たちを畑へと引率したクロラは、いつにも増して落ち込みの激しいバシュレを横目で窺った。昨日の昼から、ずっとこの調子である。

「あのね、リル君。胃が痛いの。お代わりも二回しかできなかったし……」

「そうですか」

「そ、そんな他人事《ひとごと》みたいにっ。どうして、よりによって私なんかを指名しちゃうの……！」

「熟考した結果です」

「リル君は勝ちたくないの？」

「勝ちたいですよ。そのための人選です」

わかんないよぅ、とバシュレは頭を抱えて泣き言を呟いている。

説明するのは簡単だが、そうなると芋づる式に作戦内容を話すことになる。戦術を伝えるのは、模擬訓練当日と決めていた。

「絶対に選ばれないって思ってたから、気楽に考えてたのになぁ」

「そういえば、バシュレ一等兵がここに来た時には模擬訓練はなかったんですか？」

返ってきたのは沈黙だった。なにやら気まずげな顔で、クロラから視線を逸らす。それに答えてくれたのは、鍬で畑を耕していたカルレラだった。

「お嬢ちゃんはな、旧監房棟の壁を破壊して訓練を中止にした強者《つわもの》だ」

「ち、違うの！　いや、違わなくはないけど……だって、所長が本気を出さないと海に沈めるっていうから！」

必死に弁明するバシュレを、カルレラはにやにやと眺めていた。完全に手が止まっている。クロラは成り行きを聞いて納得したものの、口先ではバシュレを慰めた。

「深刻に考えなくても大丈夫ですよ。負けてもこちらに損はありませんから」

「……ううっ。足を引っ張っちゃったらごめんね」

「そんなことないですよ」

むしろ、バシュレが作戦の要でもあるのだ。本人が聞いたら顔を真っ青にして辞退するだろうが、今のところクロラは作戦を変えるつもりはなかった。

「そうだぞ、お嬢ちゃん。何事もやる前から諦めてたら、成功するものもしないぞ」

「もう、カルレラさんはいい加減、私を〝お嬢ちゃん〟って呼ばないでください。クロラ君のことはちゃんと呼ぶくせにっ」

「けつについた殻が取れたら、考えてやるよ」

とてもではないが、囚人と刑務官の会話ではない。初めは違和感もあったが、ここ数日の間に慣れてしまった。

ここにオールステットがいたら大変だな、とクロラは余所事のように考えた。まずバシュレとクロラは反省室行きだ。罰則もあるかもしれない。受刑者たちも数日間の懲罰房行きは免れない。

しかし、彼の感覚が普通なのだ。順応したように振る舞うのは構わない。ただ、それが当然だと認識してしまうのは軍人として危険だ。クロラは己に言い聞かせた。

「そうだな。一日でもなにも壊さない日があったら、ちゃんと呼んでやるよ」

「むりです！」

「なら、諦めな」

そんな二人のやりとりを、他の受刑者たちと内心はともかく一見したところはのんびりと眺めていた時だった。招かれざる客が、クロラの前に現れた。

「見損なったぞ、クロラ・リル」

いきなり現れたアバルカスは、開口一番に意味不明な言葉を口にした。表情は険しく、こちらを睨みつける眼には批難の色が宿っていた。

「今は勤務中では？」

「話を逸らすな！」

「お言葉ですが、あなたの行動は服務規定に違反します。話ならばあとで伺いますので、持ち場に戻ってください」

ことさら丁寧《ていねい》に述べるが、アバルカスは聞く耳を持たない。クロラの肩を、強い力で突き飛ばした。

「模擬訓練は染料弾を使うからって、遊びじゃないんだぞ。どれだけ危険かわかってんのか。それなのに女の子を選ぶなんて、バシュレが怪我したらどうすんだよ！」

想定の斜め上をいく台詞に、馬鹿かお前は、という罵声《ばせい》をクロラは辛うじて呑み込んだ。口元が引き攣る。だが、そんなクロラには気付かない様子で、アバルカスはバシュレ本人に向き直った。

「バシュレも、嫌なら嫌って断っていいんだぞ。なんなら、俺が代わってやるから。な？」

権限もないにもかかわらず、アバルカスは強い口調で断言する。

バシュレは顔を真っ赤に染めていた。羞恥からではない。小刻みに震えるバシュレを支配しているのは、〝怒り〟の感情だ。だが、それにまったく気付かないアバルカスは、さらに続けた。

「それにさ、そろそろ第一に戻って来てもいいんだぞ。最近はぜんぜん失敗してないみたいじゃん。きっとコルトバ大尉だって許してくれるって。俺も一緒に頭を下げてやるから。戻って来いよ」

畑仕事をしていた受刑者たち全員が、怒気の籠《こ》もった眼差しを向ける——アバルカスに。

受刑者と看守、立場は違うが、彼らはバシュレの努力を知っている。そんなバシュレを見下したアバルカスの態度は到底、許容できるものではなかったのだ。しかし、このままではまずい。

　警告の意味も込め、先ほどよりも強い口調で告げる。

「少尉殿。持ち場にお戻りください」

「お前は黙ってろよ。今はバシュレと話してるんだ」

　クロラに用があったのではなかったのか。アバルカスの中では、いつの間にか、趣旨が変わっている。

もっとも、この程度の理不尽さは軍生活において可愛い部類だ。クロラはもっと深い闇を知っている。

溜息を堪え、できるだけ抑揚のない口調で告げた。

「少尉殿は、誰の許可を得て持ち場を離れているのでしょうか？」

「誰だっていいだろ」

「その許可は、少尉殿がバシュレ一等兵の勤務を邪魔することまで認めているのでしょうか。そうでないなら、ここから出て行ってください。今は受刑者たちの労役の時間です。彼らの邪魔をする許可も得ているのですか？」

　管轄の違う兵の勤務状況に口出しできるのは、ゼータだけだ。許可などもらえるはずがない。ここでようやく、アバルカスも自分に向けられた剣呑《けんのん》な視線に気付いたのだろう。クロラを睨みつけながらも、戸惑いを隠せずにいる。

　さて、追い詰めるのはこの辺りでいいだろう。引っ込みのつかなくなった馬鹿《アバルカス》に、逃げ道を示唆《しさ》する。

「持ち場にお戻りください」

「……お前は間違ってる。どうせ弱い人間を集めて、負けの言い訳にするつもりなんだろ。そんなの許さねぇ。その腐った根性を、俺が叩き直してやるからな！」

　一方的な捨て台詞を残し、アバルカスは風のように走り去っていった。溜息をつき、クロラは未だに一言も発していないバシュレを見た。

「大丈夫ですか？」

「リル、君っ」

バシュレは唇を噛み締め、必死に涙を堪えていた。どうしてこの顔を見て、アバルカスはなにも気付かなかったのだろう。

「私っ、悲しくて泣いたり、情けなくて泣いたりしたことはあるけど、怒りで涙が出そうになったのは初めてだよっ」

アバルカスも、よくあそこまではっきりと女性蔑視の台詞を言って退《の》けたものだ。

男社会である軍において、女性を弱者と見なす風潮があるのは事実である。しかし、面と向かって言う者は少ない。それを許さないだけの実績を、彼女たちはあげてきたからだ。それにしてもアバルカスは、思い込みが激しいのか、他人の感情に疎《うと》いのか。どっちもだな、とクロラは結論づけた。

「彼の中では、女性は守るべき存在なのでしょうね」

「私は、軍人だよっ」

「はい。バシュレ一等兵は軍人として認められた人間です。性別や見た目を理由に、危険だと喚《わめ》き立《た》てる方が間違っている。僕は勝つためにあなたを選んだんです」

少し持ち上げすぎかとも思ったが、落ち込んだ相手にはこのくらいがちょうどいい。

怒りに強張っていたバシュレの顔に、驚愕が広がった。そしてそれは、喜びに溢れたものに変わる。

単純だ。これでは騙《だま》されても気付かないのではないか——他人事ではあるが、クロラはバシュレの将来が心配になった。

「うんっ。私、頑張る！」

落ち込んでいたのが嘘のように、バシュレは意欲を燃やしている。アバルカスの予期せぬ訪問は、荒療治ではあったがバシュレをよい方向に焚《た》きつけてくれた。雨降って地固まる、といったところか。

一方、事態を見守っていた受刑者たちの間にも、安堵の空気が漂っていた。その中で、カルレラがバシュレに畑の一部を指差して見せる。

「お嬢ちゃん。ここはこれから耕す予定の場所だ。少しくらいなら、穴を開けてもいいぞ。あの地雷男だと思って殴ればすっきりするぜ」

「そんなことしません。ここはみなさんの大事な畑です！」

怒ったように声を荒らげたバシュレに、さすがのカルレラも唖然としたようだった。しかし、すぐに笑みを浮かべる。

「子供の成長を見守る親の気持ちがわかるな」

「私はもう大人ですっ」

バシュレは顔を真っ赤にして反論する。そして、決意の滲んだ眼差しをクロラに向けた。

「リル君。模擬訓練、頑張ろうね」

「はい。アバルカス少尉殿はよほど自分の腕に自信があるようです。手加減なんて失礼なことはせず、全力でぶつかりましょうね。全力で」

「うん！」

あいつ死んだな、と誰かが呟いた。


アバルカス対策として、クロラはラケールに昼間の出来事を報告した。

あからさまな規則違反に加え、またあの調子で喧嘩を売りに来られたら、模擬訓練前にバシュレがアバルカスを伸してしまう。手を出してしまった時点で、バシュレも罰則は逃れられない。それでは模擬訓練に支障が出てしまう。

クロラの訴えに、その日の夜には、アバルカスは職務放棄の罰として模擬訓練当日まで反省室行きが決まった。

その翌日、クロラは日が昇る前に寮を出た。模擬訓練まで残りあと二日。その間に、できるだけ行動範囲を把握しておきたかった。

それにうろうろと歩き回っていても、不審がられないのは貴重な機会だ。密偵の視点からも色々と観察するつもりだった。

辺りはまだ薄暗いが、東の空が白みはじめていた。ゆったりとした波音に混じり、海鳥たちの鳴き声が辺りに響いている。こんな場所で、仕事や金儲けのことを考えずのんびりできたらいいのに。

「さて、どこから行くか」

旧監房棟は施錠されているが、ラケールに頼めば開けてもらえることになっている。そちらは明日だ。訓練は正午から。勤務時間が過ぎれば、そこで終了だ。

旧監房棟は現監房棟より海側の、やや離れた場所にあった。意外にも畑からは近い。間に雑木林が横たわっていて気付かなかったのだ。

クロラは当日の、監獄側の動きを整理した。

訓練に参加する者たちは、昼には旧監房棟へ移動を終える。勤務中を想定しているため、外にも巡回用の刑務官が配置されるはずだ。

使用が禁止されているのは、本棟と各監房棟、食堂、寮といった建物である。それ以外は自由に行き来が可能だ。

例えば、終了時間ぎりぎりまで監獄の隅の草むらに身を潜め、一気に旧監房棟に襲撃を掛けるのも作戦としてありだ。

一番の問題は、どうやって旧監房棟に近付くか、である。こちらの姿を見られた瞬間から、侵入者発見の一報が屋外、屋内に放送される。それを聞いた刑務官たちは仕事を止め、染料弾が込められた小銃を片手にクロラたちの捜索に取り掛かる。

つまり、いかに誰にも発見されずに旧監房棟へ侵入できるかが重要なのだ。

下見の結果、侵入経路は二つに絞られる。本棟などの建物が使えない以上、建物の内部を通って、という方法を取ることはできない。ならば草木に紛れるか、四人の内一人を囮《おとり》として使うか。

ブラトの情報では、海側から断崖絶壁を登って侵入しようとした強者もいたらしい。だが、ぶっつけ本番で奇策を用いた者たちは、反り返った壁に行く手を阻《はば》まれあえなく脱落。巡回していた刑務官に救助を求めたのだという。死人が出なかったのが奇跡である。

また、ゼータという例外をのぞき、四人全員が欠けることなく旧監房棟に侵入できた事例は、一度としてない。

「畑の付近なら、見つかりにくそうだな……」

歩きながらクロラは呟く。雑木林や背の高い作物が、ちょうどよい目眩ましになる。脱走用に張り巡らされた金網も、位置や出入口を把握しさえすれば、追っ手の妨害に使えそうだ。

クロラは、身を潜めるに適した場所を確認する。外に配置された兵士も、ずっと一箇所にいるわけではない。あくまで模擬訓練だ。彼らは一日の勤務内容に合わせて行動するため、その隙を縫うように移動を繰り返せば、ゆっくりではあるが旧監房棟に近付ける。

脳内で手順にむりがないか、現場を確認しながら進んで行く。いつの間にか、太陽は東の海から顔を出していた。

現在、使われている監房棟よりも、かなり年季の入った旧監房棟の外周をぐるりと周り、侵入できそうな場所に目星をつける。監獄として使われていただけあって、古いが造り自体は驚くほど頑丈だ。

窓も幅が狭く、鉄格子が嵌め込まれている。もっとも、こちらにはバシュレがいる。彼女の力があれば問題はない。

クロラは腕時計を確認する。そろそろ食堂が開く頃合だ。混む前にさっさと朝食を済ませ、交替まで、別の侵入経路がないかどうか探したい。

ラケールに旧監房棟への入館申請もしておかなければ、とクロラは今後の予定を組み立てる。すると、近くに人の気配を感じた。

「——おはよう。下見かい？」

柔らかな声音に振り向けば、旧監房棟の通用口に立つ五十代前半の男性がいた。

視線の高さはクロラよりも上だが、サライ人にしては線の細い小柄な人物だ。優しげな風貌《ふうぼう》で、軽く後ろに撫でつけられた黒髪には、白いものが混じりはじめている。

「おはようございます、コルトバ大尉殿」

第一監房棟の責任者、ヒル・コルトバは朝の日差しの中で穏やかに微笑んで見せた。

「こうやって言葉を交わすのは、初めてだね」

「はい」

寮住まいのクロラと違い、コルトバは街で暮らしている。十数年前に街の女性と結婚し、今では四児の父親だと聞いていた。

住む場所と勤務先が違えば、顔を合わせることも滅多にない。顔と名前を覚えたのは、以前、第一監房棟に勤務していたバシュレが色々と教えてくれたからだ。

しかし、街で暮らしているにしては、ずいぶんと早い出勤だ。朝から予定でも入っているのか。クロラの疑問を感じ取ったコルトバは、気分を害することなく答えてくれた。

「私は朝の散歩が日課でね。巡回もかねて、敷地内を見回っているんだよ。今日はたまたま君の姿を見つけてね。つい声を掛けてしまった。邪魔してしまったかな？」

「いえ。ちょうど切り上げるところです」

「なら、ここで会ったのもなにかの縁。歩きながら少し話をしないかい？」

「大尉殿がよろしければ」

コルトバはグルア監獄の中でも、古株の軍人である。上手くいけば、なにか有益な情報を得られるかもしれない。クロラは打算を隠し承諾した。

「大尉殿は、二日後の模擬訓練には参加されるのですか？」

「さすがに体力が厳しくてね。私は少し前から、留守番組だよ。毎回、第一監房棟の窓から、走り回る子たちを眺めて楽しませてもらってる」

なるほど。当日はどこに人の眼があるかわからないということか。ついでに密偵としても動こうかと考えていたので、本棟に忍び込む際は慎重にことを運ばねば。

「昨日はうちの者がすまなかったね」

アバルカスのことを仄めかされ、クロラは返答に窮した。アバルカスの上官としてコルトバに監督責任があったとしても、クロラのような一兵卒に謝罪するのはあまりにも異例だ。

「ああ、そんなに畏まらなくてもいいよ。一応ね、責任者として謝罪しておこうと思って。アバルカス君には少し自由にさせすぎたみたいだ」

コルトバは自嘲した。奔放《ほんぽう》な部下には、彼も手を焼いているようだ。

「バシュレ君は元気でやっているみたいだね」

「はい」

ようやく気を張らずに済む話題が出た。コルトバも異動した元部下のことは、気にしていたようだ。

「できれば、うちでもあんな風に笑って仕事をさせてあげたかったんだけどね。よりによってアバルカス君が来ちゃったから」

「……なにかあったのでしょうか？」

アバルカスはバシュレに対し、なにか思うところがあるようだった。だからこそ、わざわざ戻って来いと言ったのか。

「彼はね、なんでも自分を基準に物事を考えちゃうんだよ。バシュレ君もそれに巻き込まれちゃってね。必要以上に、自分を卑下するようになっちゃった。だから、無責任だとわかってはいても、第一を出すしかなかったんだよ」

「そんな事情が」

どうやら、第三棟へと異動になった理由は、度重なる失敗ばかりが理由ではなかったようだ。

「アバルカス君の明るさが、バシュレ君にとって救いになるんじゃないかと思っていた時期もあったんだけどねぇ」

確かに、アバルカスの前向きな態度に救われる者もいるだろう。だが、バシュレにとっては、ただの劇薬でしかなかった。

「確かに、アバルカス少尉殿は前向きです」

それはもう恐ろしいほどに。なによりも、後先考えない行動は見ている側がひやひやする。

「アバルカス君もねぇ、味方も多いんだけど、敵も多くて……。せめてもう少し、軽はずみな言動を慎んでくれるといいんだけど」

おそらく、コルトバはアバルカスの直属の上官ということで、彼の失敗について矢面に立たされることが多いのだろう。

持ち場に戻れと、どれだけ正論を述べてもアバルカスはなかなか従おうとはしなかった。自分が正しいと思い込むと、途端に視野が狭まってしまうのかもしれない。あれでよく士官学校を卒業できたものだ。

「まあ、アバルカス君はいつもあんな調子でバシュレ君に接してね。一度、私も言ったことがあるんだよ。バシュレ君の失敗の原因はなんだと思う？　ってね」

「…………」

「そしたらね、頑張りが足りない、って堂々と言ったんだよ。ほんと、役立たずな目玉をほじくり出してやろうかと思っちゃった」

「それは、また……」

予想通りの言葉に、クロラはそっと溜息をついた。それをコルトバは面白そうな顔で眺める。

「頑張れ、っていうのがアバルカス君の口癖でね。それ自体は、いい言葉だと思う。でもね、悩んで苦しんで、努力しても上手くいかなくて、それでも、どうにか必死に這い上がろうとしている人への〝頑張れ〟は、凶器にもなるんだよ」

バシュレはその凶器を、毎日のように振るわれ続けてきたのだ。あの、どうしようもないくらいの否定的な思考は、そうやって培われてきたということか。

「ラケール君も言ってたけどね、君がいてくれて本当に助かったよ。リル君がいなかったら、面倒事になるのを承知で、ラケール君に指導してもらえるよう頼んでいたから」

「そんな、買い被りです」

「実際、バシュレ君は変わったよ」

ラケールはクロラとバシュレの相性をみて、これなら大丈夫だと判断したのかもしれない。そんな裏があったのか、とクロラは内心で驚いた。

「慣れない環境なのに、君の知らないところで押しつけてしまってすまなかったね」

「いいえ。バシュレ一等兵は、とても親切な先輩です」

「そう言ってもらえると、元上官としても嬉しい限りだよ」

話しているうちに、クロラたちは畑へと戻ってきていた。芽吹いたばかりの新芽が朝露に濡れている。畑の真ん中では、受刑者たちが手作りした案山子《かかし》が風に揺れていた。

「第三監房棟の畑だね。よく手入れが行き届いている」

「ありがとうございます」

「こっちの受刑者は、気位の高い奴らばっかりだから、仕事はしないくせに要求の嵐でうんざりだよ。うちの末っ子にそっくり。あの子は可愛いから許されるけど」

ちなみにコルトバ家の末っ子は、今年四歳になる女の子だ。バシュレは何度か会ったことがあるらしい。今でも面倒なくらいなのに、第一監房棟に配属されなくてよかった、とクロラはこっそり安堵した。

「仕事には、もう慣れたみたいだね」

「はい。……でも時折、彼らが犯罪者であることを忘れそうになります」

相手が元軍人ということから、より垣根は低い。和やかな雰囲気を見ていると、たまに気持ちが緩みそうになる。

だが、彼らは刑を受け、ここに服役している者たちだ。もしも彼らが脱獄するようなことがあれば、刑務官側は見つけ次第、捕らえるか、射殺するかしなければならない義務がある。けっして馴れ合ってはいけない。そんな相手なのだ。

「気持ちの折り合いをつけるのは難しいです」

「まあ、そこはね」

「あとは、働く側にも驚きました。言い方は悪いですが、もっと荒んだ人間が多いのかと」

軍人の墓場という、軍部でも問題のある者たちばかりが集められた場所だ。卑屈になって荒んだ生活を送りそうなものなのに、たいていの者たちはのんびりとした暮らしを満喫している。

それにここでは、刑務官が囚人を虐待するようなこともない。他の刑務所で働いた経験はないが、これが珍しい光景であることだけはわかった。

「うちの所長は、そういうの大嫌いな御仁だから。崖からね、海面ぎりぎりに吊るされたら改心するしかないでしょ」

カルレラが言っていたことは、どうやら誇張ではなかったようだ。本当に吊るされていたのか、とクロラは絶句する。

「それは、また……」

「広大な海に文字通り揉まれちゃうと、なんかね、悟っちゃうみたいだよ」

お仕置き後のみんなは、ものすごく穏やかな顔してるしね、とコルトバは微笑んだ。

荒んだ人間はゼータによって人格矯正を受け、真っ当になるのか。

「私がここに赴任してきた時は、君が思い描いていたようなところだったよ、ここは」

どこか懐かしむような口調で、コルトバは続けた。

「ゼータ君がね、すべてを変えてくれたんだ。圧倒的な力で、正論も、理不尽もねじ伏せて」

深い感謝と、尊敬の念の滲む声だった。

セルバルア・ゼータ。

灼熱《しゃくねつ》の炎のような、圧倒的な存在感。誰もが彼《か》の人を畏怖《いふ》する。

ゼータという人間と、不正や横領といった言葉が結びつかない。むろん、外見や性格だけで相手を判断するのは危険だとわかっている。親切で家族想いの人物が、裏では犯罪に手を染めていた、なんて話は数え切れない。

なにが違うのか考えて、気付いた。結びつかないのではなく、その程度の犯罪にゼータは不似合いなのだ。国家転覆を狙っていると言われた方が、まだ納得もいく。それくらい、鮮烈な印象を与える人物なのだ。

コルトバは新芽についていた小さな虫を摘むと、草むらの方に落とした。

「気をつけなさい。第一の責任者である私が言うのもなんだが、アバルカス君にも仲間がいる。今回の反省室行きが、君のせいだと恨みを募らせているみたいでね。リル君はラケール君のお気に入りだから、表立って攻撃するような愚か者《おろもの》はいないと思うけど、いつ何時、足を掬われるかわからないからね」

「ありがとうございます」

「いや。迷惑を掛けたのは、私の部下だからね」

それに、とコルトバは付け足した。

「私は君たちが勝つ方に賭けているんだ。下手な妨害に遭って、負けられたら困るんだよ」

満面の笑みを浮かべたコルトバは、クロラの肩を応援するように叩くと第一監房棟の方へ歩み去った。

その背中を眺めながら、ここの監房棟の責任者は一癖ないと務まらないのだろうか、とクロラは苦笑した。

昨夜から、たまに感じる突き刺すような視線の原因はそれか。クロラは嘆息した。面倒な恨みを買ってしまったものだ。

結局、朝食が遅れたクロラは、勤務開始の時間ぎりぎりに出勤するはめになった。

寝坊か、と揶揄するラケールに旧監房棟への入館申請をし、仕事場に急ぐ。普段通りの仕事内容にもかかわらず、妙にやる気を出したバシュレのおかげで余計な仕事が増え続け、その処理で一日が終わってしまった。

入浴を終え、クロラはベッドに横になる。全身にのし掛かる疲労感に瞼が重い。そんなクロラに、恨みがましい視線を向ける人物がいた。

「ブラス先輩、まだ怒ってるんですか？」

「当たり前だろうが！」

もはや慣れきった手付きで、手作り簡易ベッドをこしらえながら、ブラトは声をあげる。二日前、なんの前触れもなしに放送で自分の名前が呼ばれた時は、同姓同名の人間がいたのかと本気で思ったらしい。

「模擬訓練で、襲撃者側になったことがないって言ったから……。僕、よかれと思って……」

クロラが肩を落とせば、ハイメが責めるようにブラトを睨みつけた。

「え、なにこれ。また俺が悪者な感じ？」

「冗談です」

「違うのかよ！」

簡易ベッドを叩いて、ブラトは猛然と抗議する。ハイメは相変わらず、我関せずといった態度で本を読んでいた。

「変更はむりですから。頑張りましょうよ」

「そりゃ、やるからには全力を尽くすけどよー」

「作戦は考えてあります。それに、ディナさんもいい具合にやる気を出してますから、上手くいけば二番目の成功者になれますよ」

「……ちょっと待て。なんでお前、バシュレさんのことを愛称で呼んでんの？　いつの間にそんな関係になっちゃってんの？」

　妙なところに食いついたブラトは、裏切り者でも睨《ね》めつけるような眼でクロラを見た。

「一緒に仕事をしてるので」

「は？　じゃなにか。お前はラケール大尉も名前で呼ぶのか？」

「……友達はみんな愛称で呼ぶから、と言われたんです。仕事中はけじめをつけてますよ」

「友達……なんだ、友達か。友達ならしかたねぇな。友達ならな！」

　ブラトは納得するように頷いた。自分がバシュレに、友達とすら認識されていないことには気付いていない。

「ところで、どんな作戦でいくんだ？」

「秘密です。当日、模擬訓練が開始されてから教えます」

「なんだよ、俺が裏切ると思ってんのか？」

「違います。でも、脅されたら喋《しゃべ》りますよね」

「当たり前だ」

「でしょうね」

　ブラトの即答に、クロラは苦笑した。ブラトの単純さが好ましい。さすがに、弱小組を脅して作戦を聞き出すような者はいないだろうが、コルトバからの忠告もある。

　事前に作戦が漏れたら、クロラたちの勝機はなくなってしまうのだから。

「ですから、当日のお楽しみということで。あ、そうだ。ブラス先輩は明日休みですよね？」

　大事なことを忘れるところだった。クロラはブラトに確認する。

「おー」

「街に行ったら、ついでに白と黒の毛糸を買ってきてくれませんか。量は三玉ずつあれば間に合うと思います」

「いいけど、なにに使うんだ？」

「当日にはわかりますよ」

曖昧にはぐらかし、クロラは大きく欠伸《あくび》をした。

「お休みなさい」と呟き、毛布を被る。しばらくすると、ブラトも横になったようだ。眠りに落ちるまで、ハイメが本を捲る音が響いていた。

第七章

　翌日の早朝、本棟の受付で鍵束を受け取り旧監房棟へと向かえば、その通用口先で煙草を吸うラケールの姿があった。

「大尉殿。朝から付き合わせてしまって、申しわけありません」

「これも仕事だ」

　気にすんな、とラケールはクロラの髪をぐしゃぐしゃに掻き回した。

「それに、旧監房棟は出るって噂だ。一人じゃ怖いだろう?」

「そうなんですか?」

　確かに、廃屋に怪談話はつきものだ。素っ気ないクロラの態度に、ラケールは拍子抜《ひょうしぬ》けしたように肩を落とした。

「面白味のない奴だな。もっと怯えろよ」

「そういう話には耐性がありまして」

　祖父はどうも、そういったものを引きつける体質らしい。

　定住地はあったが、クロラの祖父は西に新種の花があると聞けば出掛け、東によい肥料があると聞けば出掛けと、精力的に各地を歩き回る人物だった。幼い子供を一人で家に残していくよりはよいと思ったのだろう。どこに行くにもクロラを伴った。

　焚き火を囲んでの野宿の際、たまたま知り合った地元民と話し込んでいると思ったら、相手が半透明だった、なんてことも少なくはなかった。おかげで、その手の逸話は腐るほど知っている。

「じゃあ、たまに寮でやってる酒盛りの時にでも披露してやれ。娯楽に飢えた奴らばっかりだからな。

嬉々として食いついてくるぞ」

「そうですねぇ……では、いくつか見繕っておきます」

子供が聞いてもくすりと笑える軽めの話から、あのディエゴの顔を青ざめさせたとっておきまで各種揃えてある。意外とこういった話の需要は高く、どんな潜入先でも歓迎されたものだ。転んでもただでは起きない――それがクロラの信条である。

受付で借りてきた鍵で通用口の錠を開ける。両開きの重い扉を押すと、湿った空気がクロラの頬を撫でた。

「意外ときれいですね」

「三ヶ月前に使ったばかりだからな。そん時に掃除したんだよ」

通用口の脇にあるのは来客用の窓口だ。構造は今の建物とそう変わらない。机や椅子といった備品は撤去され、なにもない空間が広がっている。天井を見上げれば、電球も取り外されていた。

「当日は、このままですか?」

「いや。さすがに薄暗いと怪我の元だからな。全部じゃないが、それなりに電球を嵌める予定だ。明かりの心配はしなくていいぞ」

「電気は通ってるんですね」

「まあ、たまに使うからな。一応、定期的に検査はしてるぞ」

自然の光だけならば、窓がない廊下は有利だと思ったのだがそうもいかないらしい。

「電気を止めるのは難しいぞ。送電線は、壁や地中に埋め込まれてるからな」

「……はい」

「というか、復旧が面倒だからやめてくれ」

考えを見抜かれ、クロラは苦笑する。奥へと続く廊下の幅は狭く、二人で肩を並べて歩くのがやっとだ。

「建物の構造を簡単に説明すると、旧監房棟は、今俺たちがいる所長室や事務室が入った三階建ての建物と、獄舎《ごくしゃ》のある管理棟からなる。まずは、ここから案内する」

「はい」

「階段は二箇所。目の前の廊下を左右に行けば、どちらからでも二階に行くことができる。所長室は三階だな。ただし、三階に行くためには二階の中央にある扉を突破する必要がある」

ラケールの説明を聞きながら二階へ向かえば、言葉通り重厚な赤茶色の扉が鎮座していた。三階へ向かう階段はこの扉の奥に隠されているということだ。

「訓練当日は、鍵は掛かっていない。だが、警護の兵士が常に立ってると思え」

「どっちがましか、微妙なところですね。ところで、その鍵束は当日、誰が持っているんですか?」

奇妙な質問に、ラケールは訝しみながらも「紛失しないように、訓練が終わるまでは本棟の受付に戻しておくが」と答えた。ならば、問題はない。

「続きをお願いします」

「この奥に階段がある。三階にあるのは所長室と会議室だ。見とくか?」

「はい」

鍵束の中から〝二階扉〟と木札がつけられた鍵を選び出す。扉を開けると、廊下よりも薄暗い空間が広がっていた。

「しまった。ランプでも持って来るんだったな」

「ここは窓がありませんね」

「ああ。足下に気をつけろよ。転んで怪我したら明日に差し支えるからな」

完全に見えない、というほどではない。暗闇に眼が慣れてくると、壁についた傷も判別できる程度にはなった。

「ここが所長室だ」

三階に登ると、広間があった。その広間を挟むように、所長室と会議室が置かれている。ラケールが指差したのは右側の部屋だ。鍵束から〝所長室〟と書かれたものを取り出し、鍵穴に差し込む。

「けっこう広いんですね」

室内には、なにもない空間が広がっていた。

執務机やテーブル、ソファーが置かれていたであろう場所には、くっきりと痕が残っている。薄暗く窓がないこともあって、広さの割には圧迫感を覚えた。

ここでゼータが待ち構えているのか、とクロラは生唾を呑み込んだ。どう想像しても、ゼータに勝てる気がしない。

接近戦に持ち込まれたら、確実に負けだ。かといって、よほど上手く不意をつかない限り染料弾を当てることも難しい。

「よし、次は管理棟に行くぞ」

「はい」

再び一階へと降り、受付からまっすぐ進んだところにある両開きの扉の鍵を開ける。両脇にある窓から差し込む光が、暗闇に慣れた眼には少し眩《まぶ》しく感じられた。

しばらく手を翳して眼の部分に陰をつくっていると、ラケールが通路に立った。

「ここが管理棟へと続く廊下だ。獄舎は管理棟を基軸に、左右に延びている。ここは二階までしかない。地下への入り口は右側の端だ」

「覚悟はしていましたが、予想以上に扉が多いんですね」

「そりゃ、脱走防止のためには扉が多くなきゃな。ただし、訓練は鍵を奪われた、という想定で行う。鍵はすべて開いてるから、扉くらいは我慢するんだな」

これで鍵がすべて掛けられていたら、正面突破は不可能だ。管理棟に続く扉を開ければ、広さのある部屋に出た。

しかし、正面には二階へと続く階段があるものの、それ以外に他所へ行く扉はない。嫌な予感がクロラの脳裏を過った。

「もしかして、二階からでないと獄舎に入れない造りですか？」

「正解だ。獄舎の一階に行くためには、一度、管理棟の二階を経由しなきゃならん」

「それはまた、面倒な……」

クロラは嘆息する。地下へと向かう路は遠そうだ。

二階にあがると、左右に一階へと続く階段があった。それぞれ、右側と左側の獄舎へと繋がっているのだろう。目の前には刑務官たちが待機する場所があった。

「これでは、受刑者を運動場や仕事場に連れ出すだけでも重労働ですね」

「その必要はなかったんだよ」

そっけない口調で、ラケールは告げた。

「房から出ることはなかったんだ。そういう規則だった」

クロラの脳裏を、コルトバの言葉が過った。

〝——私がここに赴任してきた時は、君が思い描いていたようなところだったよ、ここは〟

あの台詞には、受刑者たちが置かれた環境も含まれていたのだ。

いくら刑期が満了すれば獄舎から出られるといっても、狭い檻の中に閉じ込められた生活は想像を絶する。

「自殺、病死、暴行死。毎日のように囚人が死んだらしい。中には刑期を終えたにもかかわらず、報復を恐れた刑務官らに、釈放してもらえなかった奴もいたそうだ」

グルア監獄が造られたのは、今から二十年前のこと。ゼータが監獄に配属になったのは、五年後だった。その間に、どれほどの犠牲《ぎせい》があったのか。

「ゼータ所長が本土に送った報告書を見て、上層部の奴らは青ざめたんだろうな。当時の所長と、役職持ちの奴らは全員が罷免された。ゼータ所長はその功績で二階級特進。ついでに、ここの管理も任されたってわけだ」

　獄舎を歩きながら、クロラはラケールの話に耳を傾けた。

　両脇には現監房棟とは違い、頑丈な鉄格子のみで遮られた、古い雑居房が十室ずつ並ぶ。これでは中が丸見えだ。室内も剝き出しのコンクリートの床があるだけで、家具らしき物は一つも見当たらない。単に片付けられただけなのか、それとも元からなにもなかったのか。ラケールの話を聞けば、だいたいの推測はつく。

　中央の通路はそれなりに幅があり、二人で並んで歩いても狭いと感じることはなかった。

「軍部はこの事実を公表せずに隠蔽《いんぺい》した。もっとも人の口に戸は立てられないから、知ってる人間は知ってるがな」

　改革派の議員たちが知ったら、我先にと食いついてきそうな話題だ。

「お前もあんまり言い触らすなよ」

「はい」

　ディエゴならばもっと詳細に情報を得ているだろう。当時の所長やその部下が、グルア監獄への過剰な軍事費の配分についてなにか知っている可能性はある。口封じに殺されていなければ、すでにディエゴが調べているはずだ。

「さて、ここが地下への入り口だ」

　突き当たりの鉄格子の扉を開けると、そこには地下へと続く階段があった。明かりがないせいで、奥まで見ることはできない。物騒な話を聞いただけに、当時の受刑者の怨念《おんねん》が漂っていそうだ。

「地下にも、受刑者が収容されていたんですか？」

「ああ。独居房が八室ほどある。囚人たちの中でも、集団での生活はむりだと判断された奴らが入れられた場所だ。衛生面が雑居房よりも悪くてな。病死する者があとを絶たなかったそうだ」

　ラケールは己の感情を交えることなく淡々と説明していたが、あんまり長居したい場所じゃないな、と苦笑まじりに言って、暗がりを見つめるクロラの腕を引いた。

旧監房棟から出ると、見慣れたはずの外が別世界のように美しく感じられた。

無意識のうちに気を張っていたらしい。これから仕事が始まるというのに、全身をなんとも言えない疲労感が襲った。

「怖かっただろ？」

「……大尉殿のせいですよ」

「悪い、悪い。つい喋り過ぎちまったな」

「ああいった話には、耐性があるつもりだったんですが、さすがに現場を歩きながらの解説はむりだったみたいです」

「まあ、あれだ。どんな怪談話も所長の若作りには負けるだろ」

「――面白い話をしているね、大尉」

突然、割り込んできた声に、クロラは体を強張らせた。

ラケールの肩に手を置くゼータは、初日と同じ格好をしていた。唇は三日月のように弧を描いているが、その眼はちっとも笑っていない。一方、ラケールといえば、青ざめた顔で彫像のように固まっていた。

硬直している部下を他所に、ゼータの視線がクロラを捉《とら》える。

「旧監房棟を見学したようだね。なかなか見応えがあっただろう？」

「はい。攻略は難しそうです」

「当たり前だよ。脱走者を阻むという想定で建てられたものだからね。ああ、そうそう。今は使われていない場所だから、多少の破壊行為は大目にみてあげるよ。侵入する際は、鉄格子が邪魔だろうし」

「扉は傷つけても大丈夫ですか？」

「壁さえ破壊しなきゃ、問題はないよ。使っていない場所だから、すぐに直す必要もないしね」

気をつけます、とクロラは頷いた。と、そこでゼータは再びラケールへと視線を向けた。上手い具合に話が逸れたのでは、と希望を抱いていたラケールは、がっくりと項垂《うなだ》れる。

「さて、どうも最近、空耳が聞こえるようになったらしい。で、私がなんだって？」

「所長はいつも若々しく、実にお美しいと話していました」

「残念ながら、この姿で言われても嬉しくはないね。しかし、〝美しい〟とは一言も聞こえなかった」

ラケールの眼は、助けてくれと叫んでいた。だが、クロラにはどうすることもできない。ラケールの罰が重くならないことを祈るのみだ。

「罰として、大尉には煙草を売らないよう、街の全雑貨屋に通達を出しておくよ」

神々しい笑みを浮かべたゼータは、とどめとばかりに、ラケールの上着に入っていた煙草を取り出す。

「これも没収」と、無情な言葉が響き渡った。

「君の自宅にある煙草の箱も、ちゃんと捨てておいてあげるからね。じゃあ、勤務には遅れないように」

ゼータは片手を振りながら、颯爽《さっそう》と立ち去った。嵐のような、あっという間の出来事である。

「……リル。世の中は理不尽で溢れてるな」

「油断は禁物ということを学びました」

「小遣いやるから、また俺の代わりに煙草を買ってきてくれ。頼む！」

「あ、そろそろ食堂に行かないと混みますよ。僕は鍵を返して来ますね」

所長に逆らってはいけない。大事な教訓である。背中で悲痛な叫びを聞きながら、歓迎会兼模擬訓練の前日は始まった。


昼食をさっさと済ませたクロラは、雑居房の隅でせっせと内職に励んでいた。床には、透明なワイヤの束がある。

　街で購入したものではなく、あらかじめ私物として島に持ち込んでいたものだ。

「……で、こんな所でなにをしてるんだ？」

　カルレラが訝しげな視線をこちらに寄越す。他の受刑者たちも、興味津々といった様子でクロラを窺っていた。

「明日、使うんです。外でやっていると見られる恐れがあるので。ここなら、バシュレ一等兵以外は来ないでしょう？」

「まあ、そりゃそうだが」

「それに一人でいると、絡まれる気がするんですよ」

　食堂にいる時ですら、あからさまな視線を感じた。さりげなく相手を観察すると、予想通りアバルカスとよく一緒にいる、若い兵士たちだった。

　昼食を終えたあと、つけられている気配があったので、クロラは早々に持ち場へと引っ込んだというわけだ。雑居房内ならば、他の監房棟の人間は、不用意に立ち入ることはできない。

　ここでの私的な作業は褒められたものではないが、背に腹は替えられなかった。

「畑で絡んできた命知らずか？」

「その仲間です。彼は反省室行きになりました」

「なるほど。それで、お前さんが恨まれたってわけか」

「そんなところです」

「そりゃ、気の毒にな」

　話しながらも手は動かし続ける。他にも準備するものがあるため、限りある時間を有効に使わねばならない。

「ところで、お前さんは第一監房棟で仕事をしたことはあるか？」

「いいえ」

　人手が足りない場合は、他の監房棟から呼ばれるが、クロラは今のところ第三監房棟以外の勤務についたことはない。その前に、巡回の当番が回ってくるはずだ。模擬訓練が終わった辺りから割り振るぞ、とラケールには予告されていた。

「それがなにか？」

「いや、ないんだったらいい。忘れてくれ」

意味ありげな言い方である。第一監房棟の囚人に知り合いでもいるのか。

「第一なら、バシュレ一等兵の方が詳しいですよ」

「わかってる。だが、お嬢ちゃんは俺の訊きたいことを教えてはくれないだろうさ」

そう呟くと、カルレラは監視窓から離れ、ごろりと横になってしまった。


問題は、寮に戻ってから起こった。

部屋の扉の両脇に、山と盛られたゴミ。しかも寮内から掻き集めてきたのか、どれもかなり発酵具合が進んだ生ゴミばかりだった。

「せっかく掃除したってのに……」

せめて自室の前だけでもと、クロラは暇を見つけてはゴミを処理し続けてきた。そのおかげで、強烈な臭いは〝多少臭う〟程度に緩和され、雨の日に苛まれることも少なくなってきたというのに。これでは、あの地獄の日々に逆戻りではないか。

「地味な嫌がらせしやがって」

クロラは辺りに人がいないことを確認して、悪態をついた。犯人は明白だ。アバルカスの友人たちだろう。寮内の生ゴミをせっせと集めた行動力には、逆によくやるものだと感心する。

「……でも、ある意味よかったのか？」

寮内に漂う腐敗臭の大本は、生ゴミたちだ。奴らからみれば嫌がらせの一環だったのかもしれないが、別の観点からみれば、わざわざ生ゴミを拾い集めてくれたとも取れる。

袋に詰めて焼却炉まで運ぶ、という手間は掛かるが、いちいち集めることを考えれば遥かに楽だ。となれば、さっさと片付けてしまおう。

「袋、袋、と」

監獄で出たゴミは、可燃物の場合、一箇所に集積され焼却する決まりとなっている。それ専用に雇われた島民が決まった日に焼却してくれるので、敷地内にある焼却炉まで運ぶだけでいい。

幸い、時刻は夕日が沈んだ辺り。夕食も済ませてしまったので、何度か往復すれば今日中に終わらせられるだろう。

大振りの袋を取り出し、できるだけ直視しないように生ゴミを片っ端から放り込んでいく。夕食を終えた兵士たちが背後を通り過ぎて行くが、声を掛けてくる者は一人もいなかった。

ゴミを片付けているクロラを見て、だいたいの理由を悟ったのだろう。厄介事に巻き込まれるのは面倒だ、といった雰囲気がありありと漂っている。中には「これもついでに捨ててくれ」と、ゴミを渡してくる強者もいた。

「これで全部かな？」

一抱えほどもある袋が四つ。そのすべてが腐敗臭を漂わせる生ゴミだ。中にはどす黒く変色した衣服や、男子寮には不似合いなぼろぼろのぬいぐるみも混じっていたが、それらは勝手に捨てるなと難癖をつけられた時に備えて、きっちりと分別してある。袋に詰めたのは、間違っても「大事なもの」と主張し難いものばかりだ。

あとは焼却炉に運ぶだけ——そう思った時だった。

ぐしゃり、と生ゴミの袋が踏み潰される。

「おい、廊下になんてもんを置いてんだよ。踏んじまったじゃねぇか」

安い文句を口にしたのは、昼食の際、クロラに敵意の籠もった視線を向けてきた兵卒の一人だった。

襟の階級章は一等兵となっている。酒を飲んだのか、薄暗闇でもわかるほど顔が赤らんでいた。午後から休みで、街に繰り出していたのかもしれない。

「申しわけありません。今、捨ててきます」

クロラは周囲を見回す。どうやら、他に同輩はいないようだ。男は意地の悪い笑みを浮かべ、なおも袋を踏み続ける。破れた部分から生ゴミがはみ出し、なんともいえぬ臭いが辺りに漂った。

「じゃあ、俺も手伝ってやるよっ」

破れた袋の端を摑んだ男は、部屋の扉を開けるとそれを中に放り込む。勢いがあったせいか、中身は派手な音を立てて室内に散らばった。

——よし、こいつも殺《や》ろう。

茫然とした素振りを装いながら、クロラは心中に書き留める。バシュレに跳ね飛ばされたブラトなど目ではないくらい派手に、そして、トラウマが残るくらい徹底的に報復してやる。

「ほら、これできれいになっただろ」

男はご機嫌といった様子で笑い声をあげる。しかし次の瞬間、男は顔を凍りつかせることになった。

「——なにをしている」

ハイメの殺気を纏《まと》った声に、男は大口を開けたまま固まった。その顔は見る見る青ざめ、肩が小刻みに震え始める。

「俺の部屋に、なにか用か?」

「え、こいつの同室者って……!」

男は明らかに動揺した様子で、クロラとハイメを交互に見た。どうやら、ハイメが同室者だと知らなかったようだ。

「これは、違う。ちょっと手が滑って」

誰が聞いても苦しい言い訳に、ハイメの眉間に皺が寄る。男は明らかに怯えていた。それをクロラは訝しげに見やる。ハイメは大柄で威圧感のある顔つきをしているが、この反応は過剰だ。

「黙れ」

ハイメが男の首を摑みあげた。そのまま壁に押しつけるようにして持ち上げる。男の悲鳴に、クロラは慌ててハイメの腕に飛びついた。

「駄目です!」

男から引き剝がそうとするが、ハイメはびくともしない。必死になって腕を引っ張っていると、ハイメは男を床に叩きつけた。激しく咳き込んだ男は、悲鳴をあげながらあっという間に走り去ってしまう。

「怪我はないか？」

　ハイメの視線がクロラに注がれる。そこには、先ほど男に見せた冷酷な影はない。

「はい。あ、でも部屋が酷いことに……」

「気にするな。片付ければいい」

　そう言うと、ハイメはクロラを待たずに室内に散らばったゴミを拾い始める。幸いにもベッドや机に被害はなく、すぐに回収できたこともあって臭いがつくという最悪の事態も免れた。

　ゴミを焼却炉へと運び、手を念入りに洗浄してからクロラは安堵の溜息をつく。それを聞きつけたハイメが、おもむろに口を開いた。

「……第一の者がすまなかった」

「ハイメさんが謝ることではないですよ」

「だが、嫌がらせがあることくらい、予想しておくべきだった」

「あの、もしかしてハイメさんへも嫌がらせが……」

「いや、それはない」

　ハイメは断言する。ベッドに腰掛け窺うように相手を見れば、いつものように頭を撫でられてしまった。落ち込んでいるわけではないのだが、ハイメの子供扱いは相変わらずである。

「俺は第一では、異端扱いされている。わざわざ喧嘩を売る馬鹿はいない」

「それはどういう……？」

　首を傾げるが、ハイメに答える気はないようだ。そこでふと、クロラは〝第一〟という言葉にカルレラとのやりとりを思い出した。ハイメならなにか知っているだろうか。

「お訊きしたいことがあるんですが、第三の、マリオ・カルレラという囚人を知ってますか？」

「ああ」

「実は、第一に行ったことはないかと訊かれたんです。その時の雰囲気がいつもと違っていたのでで……」

ハイメの顔が見る見る険しくなった。常に無表情の彼にしては珍しいことである。

「他にはなにか言っていたか？」

「ええと、元第一で働いていたディナさんの方が詳しいですよ、と言ったら、ディナさんでは教えてもらえないだろう、と」

考える素振りを見せたハイメは、言い含めるような口調で語った。

「念のためだ。外での仕事や運動させる際は、いつも以上に気をつけろ」

「マリオ・カルレラに、ですか？」

「ああ。不審な点があるようならば、大尉に言うといい」

「理由を訊いても？」

躊躇するように一旦、口を噤《つぐ》んだハイメは、それでもいずれ知ることになると思ったのだろう。あまり気乗りしない様子で告げた。

「カルレラが囚人となった原因が、第一で服役している。今でも恨みに思っているはずだ」

「だから、僕から情報を得ようと？」

「おそらくな」

まだ監獄に配属となって日が浅く、受刑者の事情まで把握できていない。些細なことだが、ラケールの耳に入れておいた方が無難ではある。

「模擬訓練が終わったら、大尉殿に報告しておきます」

「それがいい」

取り越し苦労であればよいが、万が一ということもある。脱走した囚人の行く末は、残酷《ざんこく》なものだ。

クロラは任務中の身であるが、情のない人間ではない。カルレラの人となりを知った今では、無事に刑期を満了して出所してほしかった。

「――あまり囚人に入れ込むな」

心の内を見透かしたように、ハイメは告げた。クロラも軍人だ。もしもの時は、躊躇いなく銃口をカルレラに向ける。それだけの覚悟もある。

「はい」

クロラが頷くと、いきなり廊下が騒がしくなった。何事かと思えば、顔を真っ青にしたブラトが飛び込んでくる。

「やべぇ、なんかいきなり絡まれた！　死ぬかと思った！」

「……無事、逃げ切れたようでなによりです」

こちらはハイメと違い、しっかりと難癖をつけられたようだ。涙目のブラトは、猛然と抗議する。

「それもこれも、クロラが俺を選んだせいだ！」

「え、僕はブラス先輩の腕を見込んでお願いしたんですが……」

「うぐっ、そこまで信頼されたら——って、肩が震えてるじゃねぇか。笑うな！」

「すみません。本当に大丈夫ですか？」

怪我をした様子はないが、あまり冗談ばかりも言っていられない。自分が矢面に立っていれば相手の眼も他所に向かないだろうと思っていたが、少し楽観しすぎたようだ。

「まあな。俺様の逃げ足は天下一品だ」

「さすがに複数に囲まれたらたいへんですよ」

「その場合は、大声で助けを呼ぶ。悲鳴をあげる。泣き喚く。街で警邏隊の奴らに囲まれた時も有効だぞ。ただ、酒場の女の子たちからの好感度は一気に下落するが」

「そうですか……」

まあ、無駄に負けん気が強いよりはましだ。己の力量もわからずに、相手に突っ込んでいく方が危険である。

「さあ、明日のためにもう寝るか。大活躍しなきゃだからな！」

「ええ。ブラス先輩には大いに活躍してもらうつもりです」

「……いや、やっぱりほどほどにしとくわ」

満面の笑みを浮かべたクロラを前に、両腕で自身を抱き締めたブラトは、青ざめた顔で体を震わせるのだった。


深夜の本棟に、明かりの零れる部屋がある。辺りを確認したコルトバは、素早く室内に体を滑り込ませた。

するとそこ——所長室では、ソファーに座って酒を飲み交わすラケールとゼータの姿がある。ラケールは軍装のままだが、ゼータはゆったりとした部屋着姿になっていた。

上着の合わせ目から覗く豊かな膨らみに、コルトバは「目の毒だね」と苦笑した。

「違う方がよかったか?」

「よせ。野郎と飲んでなにが楽しいんだよ。っていうか、俺はまだ煙草の恨みを忘れたわけじゃないからな。本当に全部、処分しやがって」

敬語の取れたラケールが、グラスを傾けながらぼやいた。コルトバもラケールの隣に座り、準備されていたグラスに酒を注ぐ。ここでは滅多に味わうことのできない芳醇な葡萄酒の香りに、思わず頰が綻《ほころ》んだ。

「ずいぶんといいのを開けたね。これ、けっこうな年代物だよ?」

「こないだの貨物船に積んであったんだよ。リリアナの手配品だ。あれは酒の趣味がいいからな。他にもたんまりと送ってきたぞ。よかったら少し持って帰るといい」

「それはいいことを聞いた。で、リリアナ君はまだ戻れそうにないのかい?」

リリアナ・エローラ少尉はゼータの副官だ。まだ若いが、その卓越した能力にはゼータも信頼をおいている。特に情報の収集は彼女の十八番《おはこ》だ。

「久し振りの里帰りだからな。もう少し羽を伸ばし

たいそうだ」

「世話の焼ける上官もいないことだしな」

揶揄するラケールの膝《ひざ》を、テーブルを飛び越えたゼータのしなやかな足が蹴り飛ばした。膝を両手で抱えて呻く相手を、ゼータが鼻先で笑う。

「お前はいちいち一言多いんだ」

「そっちこそ、口の前に手を出す性格をなんとかしてくれ。模擬訓練前に怪我したらどうしてくれるんだ」

相変わらずのやりとりに、コルトバは笑みを漏らした。

この二人は、勤務中こそ上下関係をしっかりと守っているが、それ以外では親友だ。このような応酬は日常茶飯事である。

「まあ、冗談はさておき、リリアナ君の情報集めはそんなに苦戦しているのかな？」

「いや。議会の方針がどうまとまるかが気になってな。ある程度、答えが出るまで実家に留まるように命じてある」

「わざわざリリアナ君を置かなくても、本部が教えてくれるんじゃないの？」

「運命共同体だと思ってくれればいいが、こちらに責任を押しつけて言い逃れする可能性がないわけではない。今の元帥は、事態を甘く見る傾向があるからな。オールステットのこともそうだ。どうせなら、もっと権力に敏感な奴の方がよかった。まあ、からかって遊ぶ分には楽しいが」

つまりゼータは、秘密を共有する相手を信用していないようだ。

だからこそ、信頼の置ける副官をわざわざ派遣したのだ。長い間に培われていたはずの信頼も、代を重ねるうちに薄れてしまったということだ。

「それに、今回のことで動きを見せそうな奴らへの警告も命じてある。元帥が禁じても、秘密裏に調べようとする輩《やから》はいるからな」

ゼータの言葉にコルトバも頷いた。

「理由がわからないのに、予算の不当な配分を黙認しろっていうのは納得もいかないだろうからね」

「まったくだ。馬鹿正直に証拠を残しておく方が悪い。大方、流出の可能性なんぞ考えもしなかったのだろうな。平和な奴らだ」

「彼らは当事者ではないからね。自然と危機感も薄れてしまうんだよ。半分くらいは、自分たちは無関係だと高を括ってるんじゃないかな」

だが、グルア監獄の秘密が漏れた場合、責任を取る羽目になるのは、間違いなく彼らだ。ゼータや自分もその中に含まれるが、命令に従った者よりも命令を下す立場にいる者の方が罪は重い。

「議員たちも、積極的に行動に出ているらしい。今回の荷物は、すべて調べられた。大方、軍から私への密書でも入っていると思ったのだろうな」

「じゃあ、リリアナ君はなにを使って報告しているんだい？」

「それがな、笑えることに〝セリオ・アバルカス〟宛《あて》の手紙に入ってた。さすがに奴らも、自分たちが送り込んだ密偵への手紙が目的の物だとは気付かないだろうな」

ゼータはグラスの酒を呷《あお》りながら、意地の悪い笑みを浮かべる。空になった器は、ラケールの手ですぐ酒で満たされた。

「上手い擬態だね」

「だろう？　リリアナもなかなか愉快なことをしてくれる」

軍の手紙には、すべて検閲が入っている。もっとも相手もそこは考慮しているため、連絡は人を介して行っているようだが。

「ところで、ファリノス君とアリアガ君はまだ来ていないのかい？」

第二監房棟責任者のトゥリ・ファリノス大尉と、第四監房棟責任者のベジャール・アリアガ少佐もまた、本日の密談——という名の酒席——に来る予定だった。アリアガはまだしも、時間に厳しいファリノスの姿が見えないのはおかしい。

「ベジャは女子寮で誕生会があるらしい。トゥリは熱を出してぶっ倒れた」

「ファリノス君は相変わらずだね」

人一倍体の弱い第二監房棟の責任者は、季節の変わり目に、熱を出してはよく寝込んでいる。もう一方の第四監房棟の責任者は部下思いのため、深夜まで続く誕生会を抜けられないようだ。

「強制参加ではないからな。しかたない」

「だったら、私も欠席したのに。妻には毎回、夜勤だと説明してるけど」

「おやおや、コルトバ家は修羅場の予感か？」

「冗談じゃない」

溜息をついて、コルトバはグラスを空けた。瓶から酒を注ごうとして、一滴も残っていないことに気付く。すかさず隣から、別種の酒が差し出された。産地を確認したコルトバは、思わずといった体《てい》で唸る。


「こっちはクコ産の麦酒か。これも麦にしてはけっこういい値段なんだよねぇ」

「あんまり強いものじゃないですが、なかなかいけましたよ」

「それが麦酒のいいところなんだよ。でもこれ、飲み過ぎると次の日に響くんだ」

「じゃあ、返してください。俺が美味しくいただきますから」

「誰も別に飲まないなんて言ってないでしょ。君は底なしなんだから、もっと安いのを飲んでなさい。もったいない」

瓶をひったくるように受け取って、コルトバは麦酒をグラスに注いだ。飴《あめ》色の美しい液体を一口含めば、なんとも言えない爽やかな苦みが広がる。

「そうそう。昨日の朝、リル君に会ったよ」

コルトバの言葉に、クロラの上官であるラケールは、軽く眉をあげた。

「模擬訓練の下見をしてたみたいですね」

「私も部下にするなら、ああいう大人しい子がよかったよ。小さくて可愛いし。気遣い屋さんだし。たまにラケール君の後ろを、バシュレ君と一緒にぴょこぴょこついてく姿を見つけると、羨ましくて涙が出る」

「片方はあんたが押しつけたんでしょうが」

「しかたないよ。うちにいたら、思い余って海に身投げしちゃいそうだったんだから」

その最たる原因である、反省室行きとなった部下を思い出し、コルトバは溜息をついた。

「アバルカス君は、まだ泳がせておくつもりなのかい?」

「リリアナが戻るまではな」

「あの子さ、平然と私の名前を出すんだけど。なんとかなんない?」

一昨日の騒ぎは、コルトバの耳にも入っていた。アバルカスにはバシュレを第一監房棟に戻す権限などないのに、平然と「戻って来い」と言ったらしい。それもコルトバの名前まで出して。

「自分が頭を下げれば、私が頷くとでも思ってるのかな。君じゃないけど、縛り上げて崖っぷちから吊るしたくなったよ」

「恨むなら、軍に楯突いて喚き散らしてる改革派の議員たちにしろ。アバルカスを送り込んできたのも奴らだ」

「もうちょっとましな人選はなかったのかな」

「本人たちに訊いてくれ」

「ちなみに、軍が議員たちの要求を受け入れる可能性はあるの?」

彼らの要求は、軍の縮小だ。その中にはグルア監獄の閉鎖も含まれている。あぶれた人員と、浮いた予算を開発事業に充てる。平和条約が締結された今、真っ当な要求ではあるが軍部が了承するとも思えない。案の定、返ってきた言葉は否定的なものだった。

「ないな。予算の減額なら考えるかもしれないが、グルアが閉鎖されて困るのは軍だ。なんとしてでも、それは回避するだろうさ」

そして、ゼータも予算の減額には同意しない。今頃、上層部は頭を悩ませているはずだ。

「アバルカスの背後がはっきりとわからない以上、奴はあのままだ。それが本当に議員だったら問題はないが、わずかでも奴らの可能性がある限り、調査は続行する。議員を隠れ蓑に使う場合も考えられるからな」

見慣れたコルトバもひやりとする獰猛な笑みを浮かべたゼータは、つまみに用意されていた胡桃《くるみ》を素手で割った。ガラス製のテーブルに落として、中身だけを拾って口に運ぶ。

「しかたないねぇ。話を戻すけど、リル君も密偵ってことはないのかな？」

ぱきり、とまた胡桃を潰す音が響いた。潔癖症のファリノスが見たら、文句を言いながら片付け始めるような光景である。

「わからん。ただ、実力は相当だ。やっかまれて墓場送りになったのも頷ける」

ゼータは度数の高い酒を舐《な》めながら、思案するように呟いた。

「それを見極める意味を込めての、模擬訓練だ」

「もしも奴らの手先だったらどうするんだい？」

「愚問だ」

ゼータの瞳に、仄暗い光が宿った。

「殺すに決まっている」

ゼータの中では、はっきりと優先順位が決まっている。監獄の維持。それがなによりも優先される。目的のためならば、お気に入りの新入りも、古い付き合いであるコルトバやラケールですら、躊躇いもなく切り捨てるだろう。必要とあれば自らの手で殺すことも厭《いと》わないはずだ。

だが、だからといって、ゼータが非情であるとは思わない。すべて覚悟の上なのだ。強い信念の下に、突き進んできた。

自分はこうは生きられない。少なくとも、たった一つの目的のために、すべてを犠牲にする覚悟はなかった。

「クロラが黒か白かは、いずれわかる。密偵なら、なんらかの行動を起こすはずだからな。背後が奴ら以外ならば本部に情報を渡す。あとはあちらが勝手に処理してくれる」

「俺としては、久し振りに使えそうなのが転がり込んできたんだ。ぜひとも、白であることを願いたいね」

「まずは明日、クロラがどう出るか、だな。ここまで餌《えさ》を撒《ま》いてやったんだ、黒ならば嫌でも食らいつくさ」

「ついでにアバルカス君も釣れちゃいそうだね。まあ、彼の場合は打倒リル君に燃えてるから、明日はそれどころじゃないかな」

　明日の模擬訓練は、クロラのために用意した舞台である。余計な大根役者にしゃしゃり出てこられては困る。アバルカスはすでに舞台から追い出された存在だ。

「しかし、本部も資料の流出なんて、余計なことをしてくれたな。議会を軽んじるから駄目なんだ。手駒を潜ませて、背後から操ればいいものを」

「むりだろうね。この国は軍事力に偏りすぎた時代がずっと続いてきたから。議会を軽んじる傾向は、今回に限ったことじゃない」

「確かに。お偉いさんたちは、さぞかし憤ってることだろうな。国のために生まれた軍が、今ではお荷物扱いを受けている。そして奴らには、その現実を直視するほどの度量がない」

　本部でふんぞり返っている奴らが聞けば、間違いなくいきり立つ台詞をゼータは言って退けた。

　軍人が力を持つのは、戦争中だけ。平和な世界において、過度な軍事力は必要とされない。改革派の議員たちが、軍の縮小を主張してくるのは当然だ。

　こんな時代が来ると、予想はついていた。軍は自分たちの権威《けんい》を守るためにもっと早く手を打っておくべきだった。

「オールステット少佐も気の毒だな。せめて事情の一端でも聞かされていれば、納得もできただろうに」

「君が彼で遊ぶのがいけないんだよ。それに、ここでの規律はあってないようなものだ。生粋の軍人には、見て見ぬ振りをするのは難しいよ」

「ふふふ。そうだな、奴の目にはさぞかし堕落《だらく》した光景に映ったはずだ」

軍の中で、ここまで規律が守られていない場所もない。これはゼータなりの誇示でもあるのだ。ここまで好き勝手しても、本部は手出しができない――その状況を見て、ゼータは楽しんでいる。

「ところで、今日の密談って現状の確認だけ？　なんか特別な情報はないの？」

「リリアナが送ってきた酒を飲むという、重大な議題があるぞ」

自信満々に告げ、ゼータは乾杯するようにグラスを掲《かか》げた。それに、コルトバは脱力する。

「美味しいお酒は嬉しいけど、やっぱり帰っていい？　夜勤だったのに酒臭いって、どう考えても奥さんに吊るし上げられる光景しか見えないんだけど」

「しかたない。奥方には、私から断りを入れに行こう。お宅の旦那様と、所長室で朝まで酒を飲んでいました。断じて浮気ではありません、と。できるだけ露出の激しい女物の服でな」

「やめてよ。うちの奥さんは嫉妬深いんだから。他所の家庭を引っ掻き回して遊ぶより、リル君を構った方が楽しいよ。若いし可愛いし。ちょっとくらい無茶しても平気だよ、きっと」

「ふむ……そっちもいたな」

ゼータの視線が空中をさまよう。ラケールは呆れたような眼差しを寄越したが、ゼータの稚気《ちき》に付き合っていたら家庭内崩壊の危機だ。

「私は抜けるけど、監獄側に各監房棟の責任者が揃うのは久し振りだね」

　第一監房棟の指揮は、そこそこ有能な部下に任せることにしてある。いつも襲撃者側に選ばれる人物で、初の指揮役に張り切っているようだ。

「そういや、そうだな」と、ラケールも今気付いたというように頷いた。

「ラケール君は、てっきり襲撃者側だと思ってたんだけどねぇ」

「俺もあの人選には驚きましたよ。クロラの奴はなにを考えてるんでしょうね」

　バシュレは自他共に認める怪力の持ち主だが、使い方を誤れば、逆に不利益を被る恐れがある。わざわざ彼女を選ばなくても、ラケールをはじめとして有能な人間はいくらでもいる。

「まさか、岸壁をよじ登っちゃったりして」

　過去の訓練において、あれほどびっくりしたものもなかった。巡回中の兵士が見つけなかったら、いったいどうなっていたことやら。

埠頭側《ふとうがわ》の断崖は鼠返しのような形にえぐれているため、たとえ岩登りの経験が豊富な者でも、登り切ることは不可能だ。当時のことを思い出したのか、ラケールも苦笑する。

「さすがにそれはないでしょうよ。あっても、仲間になった奴らが全力で止めますよ」

「それもそうだね。あとは、体中に木の枝や葉っぱをつけて、茂みに擬態して移動した子もいたよね。端から見ると、巨大な芋虫で逆に目立っていたけど」

　コルトバの言葉に、ラケールも同意するように頷いた。

「いや、あれはけっこうな出来でしたよ。ずっと茂みに紛れ込んでたら、見つけるのは難しかったでしょうね。さすがに旧監房棟の周りには、そんなものはないんですぐに気付きましたけど」

「私は見つけた瞬間、思わず叫んじゃったよ。芋虫が嫌いだから。あと作戦といえば、誰かを一人囮に

った。

してっていうのは、もう見飽きたよね」

棟に入れる確率は高いが、入ればいいというものではない。むしろそこからが難関なのだ。仲間は一人でも多い方がいい。

「どうやって入り込むかが第一関門ですからね。手堅く攻める奴ほど、その作戦を取りたがるってもんですよ」

「リル君はどう出るのか楽しみだよね。私は裏側から、しっかりと監視してるから。君たちは存分に楽しむといい」

埠頭に造られた灯台からは、双眼鏡を使うと敷地内が一望できる。他にも要所に腹心の部下を配置しているため、目標の監視は完璧だ。

「当然だ。クロラ・リルは丸裸にして食ってやる」

ゼータは獲物を狙う肉食獣のような笑みを浮かべる。また、鈍い音をたてて胡桃の破片がテーブルに落ちた。それがまるで、クロラたち襲撃者側のなれの果てに見え、コルトバは深い同情の念を抱くのだ

第八章

模擬訓練当日。朝は雲が多くはっきりしない空模様だったが、時間が経つにつれ徐々に減っていき、開始十分前には澄み渡る青空が広がっていた。

　それを通用門の外から眺めていたクロラは、心の内で溜息をつく。雨ならばまだ足音も消えてくれるし、少なくとも旧監房棟に入るまでは染料弾の威力も半減するはずだった。

「……なあ。本当にあの作戦で行くのか？」

　一緒に茂みに身を潜めていたブラトが、不安げな眼差しをクロラに向ける。着ているのは訓練時に着用する野戦服ではなく、勤務時と同じ軍服だ。野戦服は色や形が違うため、遠目でもすぐに侵入者だと気付かれてしまう恐れがある。些細なことではあるが、念を入れるに越したことはない。

「本気です。さっきまで、ブラト一等兵もこれはいけると言ってましたよね」

「いや……。なんかよく考えたら、俺が足を引っ張りそうな気がして。ほんと、ラケール大尉を選んでりゃよかったのによ」

　晴れた空の下、ブラトの周囲だけ空気が淀んでいる。少し離れた茂みに待機していたバシュレが、不思議そうに首を傾げていた。

「大尉では、この作戦自体が成り立ちません」

「そうだけどさぁ、いるだけでも安心感があるじゃん。この人について行けば大丈夫！　って、思えるだろ」

　その無意識の依存が作戦に支障をきたすのにと、クロラは内心で苦笑した。見た目は明るく前向きなブラトだが、いざとなると必要以上に己を過小評価してしまうらしい。バシュレとよく似ている。

こういう場合は、あまり作戦を意識させないように仕向けるしかない。

「――バシュレ一等兵に、いいところを見せる絶好の機会じゃないですか」

「そ、それは……」

「しかも勝てば金一封が出ます。なにより、史上二回目の成功者ともなれば、酒場で人気者になれますよ」

体を硬直させたブラトは、脳内でクロラの台詞を反芻《はんすう》しているのだろう。やがて頬を赤らめ、でれでれとした笑みを浮かべた。

「なんかやる気が出てきた！」

「その意気です」

ブラトが暗い空気を払拭《ふっしょく》したのを確認し、クロラは続いてバシュレの下へと移動した。茂みに身を伏せたバシュレは頬を上気させ、興奮を抑え込んでいるように見える。

「大丈夫ですか？」

「うん。私、頑張るね」

こちらはブラトとは反対に、気負い気味《ぎみ》だ。アバルカスとの一件が影響しているらしい。バシュレは作戦の要でもあるため、できればもう少し肩の力を抜いてほしい。

「そういえば、例のあれですが、四番雑居房の畑から借りようと思うんですよ」

「え、でも……」

「実はカルレラさんには、すでに話してあるんです。壊れても材料さえあればすぐに直せるから、好きに使っていいそうですよ」

「よかった。カルレラさんって、すごく手先が器用だもんね」

「ええ。一から作るとなると、骨が折れますから」

まずは作戦に欠かせないものを調達する必要がある。小声で会話をしていると、バシュレの緊張も少しは解《ほぐ》れたようだ。

後方で待機しているハイメは相変わらずなので、彼に言葉は必要ないだろう。

「なー、クロラ。やっぱり俺も小銃が欲しいんだけど」

匍匐《ほふく》前進で近付いてきたブラトは、腕時計で時間を確認しつつ口を尖らせる。

ちらちらとバシュレを窺い、「バシュレさんもそう思うよね？」と同意を求めていた。ハイメとクロラだけが、染料弾の込められた小銃を担いでいる。ブラトとバシュレは手ぶらだ。

改めて、クロラは己の手にあるものを見た。模擬訓練に用いられている小銃は、一般に歩兵銃と呼ばれるものだ。しかも、その都度、手動で弾丸を交換する必要がなく、自動で弾丸が装塡《そうてん》される型である。

自動小銃が軍に導入されたのは、ほんの数年前。それまでは、一発撃つごとに遊底を操作し、空薬《からやっ》莢《きょう》の排出と弾丸の装塡を手動で行わなければならなかった。

そんな最新式の小銃がなぜ、配備されているのか。四人の脱走も、外部からの襲撃も縁がなさそうなこの場所で、その銃器は異彩を放っていた。

「さっきも説明しましたけど、動いている相手の頭や胸に命中させるのは至難の業です。運良く当たっても、一人二人が限界でしょう。だったら最初から銃は放棄した方がいい。持っていても重たいだけですからね」

だから、銃の携帯は必要最小限に留めた。ブラトは自分が武器を持てないことが不服のようだ。樹脂製の特殊な軍用ナイフを所持しているのもクロラだけである。

「でも、銃があるのとないのでは――」

「そろそろ開始ですよ」

ブラトは慌てて口を噤んだ。

腕時計を見ると、ちょうど正午を回ったところである。合図はない。だが、すでに模擬訓練は開始されている。

しかし、平和な模擬訓練である。クロラが入隊して最初に放り込まれた軍の基地は、国境近くということもあり、ここことは比べものにならないほど規律も厳しかった。当然、模擬訓練をやろうものなら、基地全体が鬼気迫る空気に包まれたものだ。

なにしろ、実弾を使用しての訓練である。死者が出ることもあった。だがそれくらいでなければ訓練にはならないのだ。

それに小競り合いではあるが、実戦を経験したクロラにとって、密偵としての正体がばれるかどうかを考えなければ、今回の訓練は気楽だ。采配《さいはい》一つで死者が出る恐れもなければ、負けたところでなにを失うわけでもない。ゼータを相手にする以上、手を抜くつもりは一切なかったが、バシュレたちのように気負うことはなかった。

クロラは気持ちを切り替え、口を開く。

「まずは外壁を越えて中に入ります。目指すのは第三監房棟一階雑居房の畑です。そこで例のものを調達します。いいですね?」

三人は無言のまま頷いた。今回ばかりは、クロラが司令塔なので、遠慮なく指示を飛ばす。巡回兵の有無を確認し、クロラたちは縄梯子《なわばしご》を使うと音もなく外壁を突破した。

続いて、茂みを利用し外壁に沿って畑まで移動する。クロラが辺りを確認して進み、合図を待ってそのあとに三人が続く。

静かに従うバシュレたちに、クロラは自分の人選が間違っていなかったことを実感した。集団での任務遂行《すいこう》に必要なのは個々の実力よりも、まとまりだ。

もしもクロラが本来の階級――少尉として指揮を取れるのであれば、心の内はどうであれ、作戦には忠実に従わせられる。しかし、今のクロラはグルア監獄内でもっとも低い一等兵である。

いくら訓練で、クロラが指揮役といっても、一等兵の命令を遵守する者は少ないはずだ。特にアバルカスのように己の実力に自負がある者ほど、命令に逆らって独断専行に走る。彼ら三人と知り合えたのは、本当に運がよかった。

じっくりと時間を掛けて畑に辿り着いたクロラは、辺りを窺い、巡回兵を警戒する。時間的に、旧監房棟では昼食の配膳が行われているはずだ。つまり外に出ている人数は少ない。

三人を死角の茂みに潜ませ、クロラは単独で畑に侵入する。新芽を踏まないように移動し、畑の真ん中に立っていた案山子を引っこ抜いた。そして、それを持ったまま慎重に茂みへと戻る。

「……まず、第一関門突破です」

カルレラお手製の案山子は、木と藁《わら》で作られた一品だ。着せられていた囚人服を剝ぎ、持ってきた軍装一式をそれに着せる。クロラの予備の軍服は案山子にぴったりだった。

「あとはこれを……」

昨夜、ブラトが買ってきてくれた、白い毛糸で作った鬘《かつら》を案山子に装着すれば、クロラの身代わり人形の完成である。

「どうでしょう？」

「意外と似てるかも」と、バシュレが笑って答え、ブラトとハイメも頷いた。

「では、ここで少し待ちましょう。一人でも旧監房棟内から人数を減らして――」

作戦の確認をしている時だった。不意にけたたましい警報の音が鳴り響く。侵入者を報《しら》せる音だ。

「え、なんでっ？」

バシュレの口から悲鳴が漏れる。クロラも慌てて周囲を窺った。しかし、巡回兵の姿は見当たらない。警報はクロラたちが見つかった時点で鳴らされるものである。誤報、という言葉が脳裏を過り、クロラはその原因に思い至った。

「……やられた」

クロラは唇を嚙み締めた。バシュレとブラトの困惑した視線が向けられる。内心の溜息を隠し、努めて明るい声で応じた。

「誰かが、見間違えて報告したんでしょうね」

「そんな……！」

「大丈夫ですよ、バシュレ一等兵。予定の時間が早まっただけのことです。おそらく、半数が外に出てくるでしょう」

誤報は、食堂で意味ありげな視線をクロラに向けていた者たちの仕業《しわざ》だ。不審者発見の報告が早ければ早いほど、不利になるのはクロラたちだ。まさか、こんな姑息《こそく》な嫌がらせをしてくるとは。

「でも、こんなに早く小銃で武装されるのは厄介ですね」

「ど、どどどうすんだよ、クロラ」

「ど、どどどうしようか、リル君」

顔を真っ青にしたブラトとバシュレが、左右からクロラの袖を握り締める。本来ならば、ここでクロラは別行動する予定だったのだが、混乱気味になっているブラトとバシュレを、ハイメに預けていくのは心許なかった。

「……よし、作戦を大幅に繰り上げましょう。ハイメ一等兵、この近くに備品倉庫がありましたよね」

「あった」

「今なら、全員が小銃を取りに旧監房棟に集まっているはずです。指示系統の確認も行うでしょうから、外に散るまでまだ余裕があります。その間に、まずは隠れる場所を確保します」

人目がないのならば、こそこそする必要もない。クロラは三人を先導し、堂々と走り始めた。予想通り、周囲に人影はない。

備品倉庫は畑からそう遠くない場所にある。農具がすべてしまわれているそこは、三人が余裕で隠れられる広さだった。

旧監房棟からは少し離れてしまったが、そこはしかたがない。

「リル君。備品倉庫には鍵が掛かってるんじゃ……」

「南京錠なら任せてください」

懐から取り出した二本の針金を、鍵穴に差し込む。神経を指先に集中させ、わずかな感触を探る。違和感に頭が反応するより早く、指先が動いた。かちり、と錠の外れる音が響く。

「はい、開きました」

錠を外しながら三人を見れば、珍しくハイメまでが啞然とした視線をクロラに向けていた。

「前の配属先の先輩が面白半分に教えてくれて……。あ、さすがに備え付けの鍵はむりですよ？」

「これでも、充分にすごいわ！」

ブラトの叫びが木霊する。ハイメとバシュレが慌てて口を塞ぐが、遠くで今の叫び声に反応する音が聞こえた。

「三人は早くこの中に。当初の手順とは少し変わってしまいますが、追っ手は僕が引きつけます。三人はその隙に、旧監房棟に向かってください。ここは予定通り、正面突破で」

作戦では、まずクロラが単独で行動し、畑から離れた場所で巡回の兵士に発見される予定だった。要は囮となって人を引きつける役だ。

その間に、三人は旧監房棟へと近付く。通用口の死角に身を潜め、小銃で武装した兵士たちが散らばったあとで、正面から堂々と潜入する計画だったのだ。むろん、内部で警備に当たっている者たちへの対処も、三人に言い含めてある。

先ほどの誤報で作戦が狂ってしまったが、そこは臨機応変にいくしかない。

「機会を見て、旧監房棟に向かってください。僕もすぐに向かいます」

「リル君、あの、気をつけてね！」

バシュレの言葉に、ブラトとハイメも頷いている。

はい、と返事をして、クロラは倉庫の戸を閉めた。辺りの気配を窺うと、複数の足音がこちらへと向かっていた。

クロラは用意してあった黒い外套を頭からすっぽりと被ると、わざと自分の姿を見せつけるようにゆっくりと走り出す。そう掛からずに、「いたぞ！」という複数の声が響き渡った。

「さて、追い駆けっこといくか」

気の早い者が、小銃を撃ち始める。よほどの腕がない限り、走る人間へ命中させるのは困難だ。案の定、染料弾は次々と的外れな場所へ着弾する。

背後を振り返りながら、クロラは一定の距離を保つ。あまり離れ過ぎて見失われても困るのだ。運動場を突っ切り、クロラが目指すのは訓練場である。

追い掛けてくる人数は、目算で二十を超えた。

今回の参加者は、各監房棟から十五名が代表で選出されている。つまり単純に計算すれば、敵は六十名。なかなかの人数だ。

二十名も集められれば上出来だ。

「あいつらも、そろそろ旧監房棟に向かってる頃か……」

クロラは懐から、先端に石を結んだ縄を取り出した。走りながらそれを振り回し、訓練場の脇にある背の高い木を目掛けて投げる。しっかりと絡まったのを確認して、縄の端を腕に巻きつけ思いっきり地を蹴る。

遠心力でふわりと浮いた体は、そのまま空中を舞った。目の前に、訓練場の屋根が近付く。距離が足りない、と素早く計算したクロラは、縄から手を離した。そして、伸ばした手で屋根の縁を摑み、くるりと体を反転させる。

「よしっ！」

建物の内部への侵入は禁止だが、屋根に登ることは禁じられていない。もっとも、これまでわざわざ登った者はいないが。

屋根の上に降りたクロラは、啞然とする追っ手に向かって手を振った。安い挑発に、口々に喚きながら追い掛けてくる。

しかし、訓練場は本棟と渡り廊下で繫がっているうえに、横に長い。クロラを追うためには、回り道をする必要があった。

その間にクロラは渡り廊下の屋根を移動し、反対側に降りる。今度は懐から鉤縄《かぎなわ》を取り出すと、近くの木に登り、それを本棟の屋根に引っ掛けた。軽く手応えを確認し、縄を手繰《たぐ》り寄《よ》せるようにして壁を登っていく。

これも祖父に仕込まれた技の一つだ。密偵時、鍵開けと同じくらい重宝するのだが、心中は少しだけ複雑だ。やっていること自体は、泥棒とほぼ一緒である。

訓練場に回り込まれる前に、クロラは屋根の上へと到達する。追っ手は完全に振り切った。走り去る足音が遠ざかっていく。

「さて、こっからが問題だ」

予定では、クロラは誰にも見つかることなく、ここまで来るはずだった。

この模擬訓練自体、新入りが密偵かどうかを試す罠である可能性がある。迂闊に誘いに乗るべきではないとも思ったが、ゼータの私室に忍び込むまたとない機会であるのも事実だった。

半年という期限の中で、再び好機が巡って来るとも限らない。クロラは危険を承知のうえで、本棟へ忍び込む決意をしていた。

しかし、誤報のおかげで発見が早まってしまい、作戦が前倒しとなった。

バシュレたちは、旧監房棟に向かっている頃だ。彼らが内部に侵入できれば、そこに追っ手は集中するはず。

三人に指示した作戦には、致命的な弱点がある。挟撃に弱いのだ。前面が守れても、同時に後方は守れない。それを防ぐために、密偵としての仕事を終えたあと、クロラも旧監房棟に侵入し、追っ手を引きつけるつもりだった。

密偵としての仕事を取るか、模擬訓練を取るか。

悩んだのは一瞬だった。

鉤縄を縁に引っ掛け、空中に身を乗り出す。作戦が前倒しとなった時点で、クロラの計画は狂ってしまった。むりに強行すれば、どこかで綻びが生じる。時には諦めることも必要だ。

撤退を恥じるな——クロラは祖父にそう教えられた。

気持ちを切り換え、壁を蹴る。

すぐ傍にゼータの私室があると思うと、つくづく連中が憎らしい。無難にやり過ごすのではなく、なんらかの対処を講じておくべきだったか。そんなことを考えながら未練がましく所長室の窓から室内を覗いた時だった。

クロラは思わず動きを止めた。

誰か、いる。

とっさに窓から離れ、息を殺す。小さな窓では奥まで見通すことはできなかったが、確実に中で動く影があった。

しかし、いつまでも悠長《ゆうちょう》に空中で留まっているわけにもいかない。舌打ちし、クロラは素早く地上に降りた。

鉤縄を回収し茂みに飛び込む。息を潜めていると、すぐ近くを複数の足音が通り過ぎていった。気配が遠ざかったあと、クロラは茂みから茂みへと移動し、畑がある方角へと向かった。

脳裏を占めるのは、先ほどの影の正体である。一瞬、アバルカスかとも考えたが、彼は監獄側のため、持ち場から離れることはできない。また、ゼータも旧監房棟の所長室で待機しているはずだ。

何者かが所長室へと入り込んでいる。まさか、自分や、もしかしたらアバルカスの他にも、密偵が潜んでいるというのか。

「——いや、今はこっちに集中だ」

もう一人密偵がいるとわかっただけでも充分な成果だ。それが誰なのかは、これからより注意深く周囲を観察すればわかる。

畑に辿り着いたクロラは、黒い外套を脱いだ。

「おい、監房棟に入られたらしいぞ!」

離れた場所から、誰かの焦る声が響いた。様子を窺うと、外を捜索する者、中に戻る者とで揉めているようだ。

　ささやかな罠を思いついたクロラは、手にしていた外套を、近くの枝にぶら下げた。下が茂みなので、離れていれば人が立っているようにも見える。

「では、こちらも正面から行きますか」

　素早く茂みに身を隠し、クロラは旧監房棟へと向かった。背後ではさっそく外套を発見した者たちが、小銃を発砲する音が響いた。


　バシュレは、未だかつてないほどの緊張に襲われていた。

　クロラがいた時はまだよかった。的確な指示を出し、ただ自分はそれに従っているだけでよかった。しかし、彼は囮として別行動を取っている。旧監房棟内に入っても、合流することはない。

「僕は単独でゼータ所長を目指します」と、クロラは言った。この模擬訓練で襲撃者側が勝利を収める条件は、二つある。

　一つ目は、地下室へと続く階段まで到達すること。そして、二つ目は所長であるゼータを染料弾で撃つことである。

　どちらもかなりの難問だと言わざるをえない。たいていは一つに絞るものだが、クロラはどちらも狙うらしい。貪欲《どんよく》と言うべきか、無謀と言うべきか。

　なんの気負いもなく作戦を語る少年を、バシュレは凄《すご》いとしか言いようがなかった。

「入っちゃったね……」

「入っちゃったよ……」

　バシュレとブラトの茫然とした声が重なった。

　指示された通り三人は備品倉庫を出たあと、茂みに隠れながら旧監房棟へと向かった。小銃を持った者たちは、その大半がクロラを追い掛けていってしまった。

　残りの者たちは二人一組になって、哨戒《しょうかい》を始める。しかしその頃、バシュレたちは旧監房棟の通用口近くまで足を進めていた。

　通用口に立つのは、小銃で武装した兵士二人。少し離れた茂みから、様子を窺うバシュレたちに気付いた様子はない。

　案山子をブラトに持たせたハイメが、手慣れた動作で小銃を構える。三人の中で射撃の成績がいいのはハイメだ。

　大きく空気を吸ったあと、ハイメは息を止めた。そして、一発、二発と続けて染料弾を放つ。狙いは逸れることなく、二人の頭部に当たって弾けた。真っ赤な液体が、辺りに飛び散る。ヘルメットをつけていても、それなりの衝撃があったらしい。二人は頭を押さえて蹲っていた。

　撃たれた人間は、その場で倒れて死んだ振りをしなければならない。死んでいるので、喋ることも禁じられている。

「よし、今だ！」

　案山子を抱えたブラトが茂みを飛び出し、バシュレとハイメもその後に続く。脇を通り抜けていくバシュレたちに、信じられないといったような視線が向けられた。

　実にあっけなく正面からの侵入を果たした三人は、受付の奥へと移動する。一つの関門を通り抜けたあとは、人影を確認しその場で一度停止。興奮を鎮めること、とクロラからの指示があったからだ。

　辺りを警戒しながら、バシュレは大きく息をついた。そして、ブラトとハイメに話しかける。

「そ、そろそろ行く？」

「っていうか、こっからはバシュレさん頼みなんだけど……」

　ブラトの言葉が、思った以上に強くのし掛かった。作戦を聞いた時には無謀だと泣きそうになったが、最終的に頷いたのは自分だ。

「わかってる。ブラト君は絶対に案山子を落とさないでね」

「命の次に大事にしたいと思います」

その案山子にすべてが懸かっているといっても過言ではない。案山子の、クロラと同じ真っ白い髪を見て、バシュレは気持ちを落ち着かせた。

「大丈夫。行こう」

震える指先を強く握り締める。

仲間に選ばれた時には、驚愕が勝った。続いて襲ってきたのは、自分にできるだろうかという不安だった。

今まで模擬訓練に参加した経験はない。バシュレの力が暴走することを恐れ、選んでもらえなかったのだ。だから、内部の構造すらうろ覚えの自分は、きっとすぐに失格になってしまうに決まっている、と絶望した。

だが、それらの負の感情は、〝――僕は勝つためにあなたを選んだんです〟と言われた時に払拭された。今までずっと疎み続けてきた力を、初めて必要としてくれた。それが震えるくらい嬉しかった。

だから、クロラの期待に応えたい。

バシュレは管理棟へと続く扉に手をかけ、開いた。渡り廊下の奥にいた兵士が慌てて小銃を構える。

両足に震えが走ったが、バシュレは己を叱咤《しった》した。そして、両開きの扉の片方を、渾身の力ではぎ取った。轟音《ごうおん》と共に、両腕に重みが加わる。

「す、すげぇ！　バシュレさんかっこいぃ！」

ブラトの声援に、思わず笑みが零れる。かっこいいだなんて言われるのは初めてだ。

扉を盾代わりに使う、というのがクロラの作戦だった。武器に制限はあったが、防具にはなんの規定もない。

本来は、大きめの板を持参する予定だったのだが、予想以上に目立つことに気付き、初めに待機していた場所に置いてこざるを得なかった。扉は板が使えなくなった場合の奥の手だった。

すぐさま染料弾が飛んでくるが、盾のように構えた扉に阻まれる。「あんなのありかよ！」と叫ぶ監獄側の兵士の悲鳴が聞こえた。

「えっと、ここからどうするんだっけ？」

「全力で、前進」

「そうだったね」

ハイメの言葉に頷き、バシュレは扉を持つ両手に力を込める。全力疾走はさすがにむりだが、それに近い速度で進めば前方から悲鳴があがった。

「バシュレ、そこで停止」

ぴたりと足を止めれば、小銃を構えたハイメが前に移動した。そして、腰を抜かしている二人目掛けて銃を撃つ。心臓部分を撃たれた二人は、涙を浮かべながら「扉恐ぇえええええ！」と叫び、その場にぱたりと倒れた。

確かに、扉がものすごい勢いで迫ってきたら恐ろしいかもしれない。

「よし、次に行こう。扉はたくさんあるから大丈夫だって、リル君も言ってたし」

「……でもさ、こんなに派手に壊しても大丈夫なのか？　あとで弁償させられたりしないよな？」

「壁を壊さなきゃいいらしいよ。クロラ君が所長に確認したんだって」

「なら、どんどん使おうぜ！」

バシュレは持っていた扉を廊下の壁に立て掛け、続いて二人の兵士たちが守っていた扉に手を触れる。可愛らしい掛け声のあとに、扉と壁の接続部分が音を立ててひしゃげた。ころん、ころん、と足下にネジが転がる。

「よいっしょっと」

扉を盾にして管理棟に入れば、そこには階段を守る四人の兵士たちがいた。人数が増えたことにうろたえたバシュレだったが、すぐに気を取り直して扉を構える。ここを通過すれば、獄舎は目と鼻の先だ。

「今回も突撃でいいのかな？」

「なるべく、背後を取られないようにしてくれ。壁についたら、すぐ方向転換。敵に扉を構える。その繰り返しだ」

「わかった」

　ハイメの助言にバシュレは頷いた。開けた場所で、複数の敵を前にするのは困難が伴う。クロラも広い場所での戦闘は、より注意すべきだと言っていた。確かに扉一枚だけでは、四方からの攻撃には対応しきれない。

「ばらばらに逃げろ！」

　四人の内、年嵩《としかさ》の兵士が叫んだ。冷静な判断だ。先ほどの通路まで後退すべきでは、という考えがバシュレの頭を過った。

　意見を求めハイメを振り返れば、首を横に振られる。

「前後から挟撃されたら終わりだ」

「そっか。外の人たちが戻って来たらたいへんだもんね」

「え、なにこの疎外感。俺も仲間に入れて——って、撃ってきたぁ、ひぃぃぃいいい！」

　ブラトの悲鳴が木霊する。バシュレは壁の角を背にして、なるべく横からの隙をなくした。ハイメは応戦せず、体を縮めて扉の陰からはみ出ないように苦慮している。

「とりあえず、突っ込んでみるね！」

　角に向かったらすぐに方向転換、と呟いたバシュレは、扉を構え猛然と突き進む。角までくると、背後の二人を庇うようにして扉ごと体を回した。今の突進のおかげで、尻餅をついた兵士をハイメが撃って脱落させた。どんな時も、冷静で的確な判断を下すハイメは心強い味方である。

「あと三人」

　これだけの銃声に、誰も駆けつけてこないということは、上官に持ち場を離れるなと命令されているとみて間違いはない。

　その時は、落ち着いて一人一人、確実に仕留めていくといいですよ、とクロラは言っていた。

「もう一回、行きます」

　染料弾が飛んでくる方角へ、再び全力前進する。

引き攣ったような悲鳴が響き、ハイメの小銃はまた一人、脱落者を出した。

「落ち着け、落ち着け」

深呼吸して、頭が興奮で熱せられないように努める。緊張しすぎたせいで頭が痛い。冷静にならなければと思えば思うほど、気分が高揚してしかたなかった。

バシュレが動き出す前に、年嵩の兵士が指示を飛ばす。

「後ろはがら空きだ。挟み撃ちにしろ！」

わかりました、と返答があった。左右からこられたら、片方を守っている間に、もう片方から攻撃されて終わりだ。こちらに向かって走ってくる足音を聞きながら、バシュレは逡巡《しゅんじゅん》した。だが、迷っている暇はない。

「なんとか避けて！」

掛け声とともに、右側を狙って走ってくる兵士に向かって突進する。すさまじい勢いに、相手は横に飛び退いた。がら空きになった左側からは、染料弾が発砲される。

しかし、相手は他の二人よりも、バシュレを先に倒さなければと思ったらしい。狙いは、バシュレの頭部に向けられていた。

「うりゃああ！」

バシュレは右側の兵士が避けた瞬間には、扉を左に構えるべく腕に力を込めていた。それが功を奏した。

染料弾は扉の角に当たり、弾け飛ぶ。真っ赤な液体が、バシュレの頰に散った。瞬き一つでも遅れたら、頭に命中して失格になっていた。

相手が体勢を崩したところに、ハイメがすかさず染料弾を食らわせる。ブラトは案山子を盾にして、突っ立っている。

「え、どうなったの？　俺、まだ生きてる？　ちゃんと足ついてる？」

「みんな生きてるよ！」

バシュレは安堵のあまり涙が零れそうになった。自分を含めた誰かが欠けるかもしれないと、本気で覚悟していただけに喜びも大きい。

「とりあえず、まずは落ち着こう。いつ誰が階段から降りてきてもいいように、死角で――」

休んで、と言い終える前に、階段を降りてくる足音が響いた。「持ち場を放棄するな！」という怒鳴り声も聞こえる。

バシュレはとっさに扉を構えた。ブラトとハイメも素早くその陰に身を潜める。三人の前に姿を見せたのは、アバルカスだった。

一階の惨状を見回すと、素早く後退する。そして、二階に向かって、「敵襲。一階は全滅！」と声を張りあげた。どうやら、悠長に休憩している暇はなさそうだ。

「バシュレ、お前なにしてるんだよ！」

扉を持って階段を登るのは面倒だな、とバシュレが考えていると、思い出すのも忌々しいアバルカスの声が響いた。名前を呼ばれたことに、バシュレは眉を寄せる。

今は訓練中であり、バシュレたちは襲撃者なのだ。名前を呼ばれても、敵と言葉を交わすわけがない。

「……返答した方がいいのかな？」

「駄目だって。それが作戦かもしれないじゃん」

「えーと、足止めして、増援が来るまでの間を稼ぐとか？」

「でも、来るんだったら、すぐ来るよな。さっき全滅って叫んでたし」

「だよね……」

「見捨てられたんじゃね？　本人は気付いてないみたいだけど」

アバルカスには聞こえないように、バシュレはブラトと言葉を交わす。今のところ、二階から増援が来る気配はない。バシュレたちは二階へ進まなければならないのだ。わざわざ一階に降りなくても、登ってきたところを狙い撃ちにした方が、効率もいい。

「ちゃんと真面目にやれよ！」

　アバルカスが叫ぶ。バシュレは扉を構えながら、ブラトを見た。ちゃんと真面目だよね、という無言の問いに、ブラトも無言で頷く。

　どうやら、アバルカスにとって扉を盾代わりにすることは邪道らしい。ちゃんとした作戦なのに、とバシュレは苛立った。

「嫌なことは嫌って言わないから、こうなるんだ。それに、リルはもうやられたんだろ。情けないなってていうか、そんな案山子で騙されるとでも思ってんのか？　別行動してんのがばればれだぞ！」

「リル君はまだ失格になってません！」

　バシュレは思わず叫んだ。

「今は訓練中ですよ！」

「話を聞けって。こんなことやらされて、お前は嫌じゃないのかよ。自分の力を利用されてるだけなんだぞ！」

　言葉にできない違和感に、バシュレは眉を寄せた。

利用される——そんなことは当然だ。

　自分は勝つために仲間として選ばれたのだから。むしろ、今までお荷物でしかなかった己の力を役立てることができて、嬉しいくらいなのに。

「そんなの正攻法じゃない。ちゃんと真面目にやんなきゃ、訓練になんねぇだろ！」

　その一言は、バシュレの怒りを煽《あお》るのに充分だった。正攻法で攻める襲撃者などいるはずがない。なんという頭の固い考え方なのか。

　バシュレが憤っていると、ハイメがこっそりと呟く。

「士官学校出の奴らには、こういう手合いが多い」

「あー、あれだな。机上の空論ってやつ。士官学校での訓練も、正攻法以外は評価してもらえないらしいぜ。先輩が言ってた」

「そして、自分の意見を他人に押しつけたがる」

　あまり気にするな、とハイメはバシュレの頭を撫でた。どうやら慰めてくれているらしい。ブラトも同意するように頷いている。しかし、そんな会話が繰り広げられているとは知らずに、アバルカスはますます声を張りあげる。

「こんなこと、お前はする必要ないんだよ！」

少しずつ形を帯び始める感情。

アバルカスの言葉を聞いて、バシュレは唐突に悟った。

アバルカスはバシュレを見ていないのだ。少なくとも、同じ場所に立つ人間だという認識がない。自分よりも格下の、弱い存在であるような扱いをする。女子だからと、必要以上に強調する。

怒りが込み上げた。以前、畑で突っ掛かってきた時とは、比べようもないほどの怒りだ。

「……私は、軍人だ」

確かに失敗ばかりで、一端《いっぱし》の軍人だと胸を張れるようなものではないかもしれない。だが、それでも軍人としての矜持がある。誇りがある。

「私は軍人なんだ」


扉を片手で掴む。固い鉄板部分に指先がめり込み、片手で持つにはちょうどいい取っ手ができた。そして、もう片方の手で別の扉を引き剝がしにかかる。

轟音と共に、扉はあっけなくバシュレの手に収まった。

「これで、左右からの攻撃にも対応できるよね」

両手に分けたことで、前方もよく見えるようになった。多少、重いこともなくはないが、歩く分にはなんの問題もない。

「私は奇策でいきます。アバルカス少尉殿はどうぞ正攻法で対処してください」

遠目でも、アバルカスの顔が青ざめているのがわかった。

自分を軍人だと認めてくれたクロラを貶すことは許さない。怒りは冷めることなく、バシュレの体内を駆け巡る。

「ブラト君、ハイメさん。遅れちゃだめだよ！」

叫ぶなり、バシュレは階段の前に立ちはだかっていたアバルカスに突進する。染料弾を乱射する音が響くが、すべて頑丈な扉が弾いてくれた。

「私は手加減なんて、失礼なことはしませんから！」

持ちうる限りの力を込め、バシュレは体当たりを食らわす。

避けもせず、その渾身《こんしん》の一撃を受けたアバルカスは、階段下にいたせいで、二階まで吹っ飛ぶという芸当を見せた。むろん、強制的に持ち場へと戻らされた彼に、意識はない。

「やべぇ、超かっこいい……！」

惚《ほ》れ惚《ぼ》れとしたブラトの声が、兵士たちの悲鳴のあとに響いたのだった。

第九章

クロラが旧監房棟の通用口に着くと、そこには頭を赤い染料弾で撃たれた屍《しかばね》が二体、ごろりと転がっていた。

クロラに気付くと、「うわっ、お前まだ生き延びてたのかよ」と、驚きの声が響く。片方の屍は、「大穴狙いにしときゃよかったわ」と溜息をついていた。

二人に軽く手を振りながら来客用の窓口を通り、二階へと向かう。その途中、扉が外れている場所を見つけ、バシュレたちが予定通りの作戦で獄舎に向かったことを確認した。

彼らの状況が気になったが、そこはバシュレたちを信じるしかない。自分には残りの兵を引きつけ、所長室に辿り着くといった仕事がある。

足音を殺し、二階まで登る。静かに廊下を窺えば、三階へと続く階段のある扉の前には、二人の兵士が立っていた。

抜かりなく小銃の引き金に指を添え、辺りを警戒している。彼らは下がどれほど騒がしくても、持ち場を離れなかったらしい。

さて、どうしようか。クロラはしばし考えた。染料弾を撃ったとしても、一人には命中するが、もう片方はむりだ。体術は得意だが、射撃はあまり上手いとは言えない。できれば至近距離で、一発で仕留めるのが理想的だ。

「よし、行くか」

クロラは頭を切り換えた。ここで止まっていても意味はない。襲撃者側の姿がないことに気付いた屋外組が戻ってくる前に、所長室へ辿り着かなければこちらが不利だ。

クロラは小銃を逆に構えた。小銃は苦手だが、銃身を使っての接近戦は経験がある。弾がなくなったらこれを武器にして戦えと、祖父に実戦で教えられたものだ。

クロラは体を低く構え、跳ぶように走った。端から見ればあっという間に距離を詰めたように見えるが、ゼータには遠く及ばない。

「なっ、うわっ！」

相手が声をあげた時には、懐に潜り込んでいた。

小銃の尻を鳩尾に叩き込み、痛みに怯んだ相手の得物を蹴り上げる。床に落ちた小銃は遠くに蹴り飛ばし、反撃に伸ばされた手を取って逆に捻《ひね》りあげた。

振り返れば、もう一人が小銃を構えているところだった。クロラはとっさに呻いている男の襟首を摑み盾にする。

次の瞬間、銃声が鳴り響いた。

「い、痛ぇ！」

染料弾とはいえ、当たればそれなりに痛みはある。仲間の小銃で背中を撃たれた男は、涙目でのたうった。至近距離だったので、余計に衝撃があったのだろう。

「うわっ！」

クロラはその隙を逃さず、鋭い蹴りで相手の小銃を叩き落とした。床に転がったそれを拾おうとした男の胸部に、銃口を突きつける。

「上の人数を教えてください」

「言えるか！」

「じゃあ、さよならですね」

引き金に力を込めると、真っ赤な花が男の胸に咲いた。ついでに、蹴り飛ばされた小銃に手を伸ばそうとしていた方にも、染料弾をお見舞いする。

「お疲れ様でした。あ、でも念のために……」

ふと思い立ち、兵を立たせ扉の向こうに押し込む。

数発の銃声と、悲鳴が響いた。

「やっぱり、待ち伏せありか」

一瞬だけ見えた中には、階段付近で小銃を構える兵士の姿があった。

人数は三人。さすがに本棟の守りがそれだけということはないので、三階にあと数人は待機していると見て間違いはない。

「こちらの指揮官はどなたでしょう?」

「……俺は死んだんだ。黙秘する」

「じゃあ、あなたも囮に――」

「第一監房棟の副官だ」

あっさりと仲間を売った男の襟首を摑み、クロラは扉の隙間から中に押し込んだ。死体を使ってはいけないという決まりはない。それに、律儀に約束を守る襲撃者も。

約束が違う、と騒ぐ男を盾にして、クロラは階段へ向かった。こちらに気付いた兵士たちが銃を撃つ。盾とした男が自分を撃った同僚に罵声を浴びせている隙に、階段を駆け上る。さすがに三人を同時に相手するのは無謀だ。ここは一旦、素通りさせてもらおう。

続いて、クロラは階段を登りきる前に上に向かって大声で叫んだ。

「一人やられた。応援を頼む!」

大丈夫か、と駆け寄ってきた兵士が、クロラの姿に目を瞠った。

引き金に指を掛けていたクロラは、至近距離から染料弾を撃つ。弾丸は逸れることなく、男の胸部で飛び散った。

「おい、どうし――」

クロラがたった今、失格にした男はラケール並みに体格のいい人物だった。これ幸いに、男の体格を利用し、奥にいる兵士からは死角となるように体を縮める。

階段下からは、素通りにしてきた兵士たちが駆け上ってくる足音が響いた。もう少し。あと少し。大柄な男の肩越しに、階段下を覗き込むように、眼鏡を掛けたもう一人の兵士が顔を出した。

眼が合った。その瞬間を狙って、クロラは脇から飛び出す。階下から銃弾が放たれるが、その時にはすでにクロラは駆け出していた。

すれ違い様に振り向けば、眼鏡を掛けた兵士が銃口を向けていた。だが、軌道はクロラから外れている。混乱した頭で目標を狙っても、的に当たる確率は限りなく低い。

もしもこれが実弾ならば、クロラももっと慎重に行動した。しかし、使用されているのは染料弾。痛みはあるが、痣になる程度のものだ。頭と胸にさえ当たらなければいい、とクロラは割り切っていた。

発射はほぼ同時だった。

右肩に激しい衝撃を受けたが、体勢は崩さない。目の前では眼鏡を掛けた兵士が、真っ赤に染めた胸を押さえていた。

「あと、三人」

呟き、行動に移る。一人は階段を登ってきたところを仕留めた。すでに倒した二人がちょうどいい壁となって、一発の銃弾も食らわずに済んだ。階段の折り返し部分から下の様子を窺えば、一人減っていた。増援を呼びに行ったのか。

残った一人は、小銃を構えながらクロラの出方を窺っている。これからのことを考えるなら、残りの一人に時間を掛けている余裕はない。

クロラは大きく息を吸った。

そして、下に向かってありったけの染料弾を撃ち込む。そうかからずに、弾倉から染料弾がなくなった。相手もそれに気付いたのか、好機は逃さない、とばかりに階段を駆け上がってくる足音が響く。

小銃を投げ捨てたクロラは、身を引いたあと、勢いをつけて階段から飛び降りた。視界の隅に、驚愕に眼を瞠る兵士の姿が映る。

膝を抱え、空中で体を回転することで勢いを殺す。兵士の背後に音もなく着地したクロラは、死人から小銃を奪うと、段上の兵士の胸部に照準を合わせた。

相手の胸に真っ赤な染料が飛び散る。

「よし」

詰めていた息を吐き、クロラは行動を再開した。

まず二階の扉の内鍵を閉める。鍵は本棟の受付にあるため、取りに行かなければここを通ることはできない。見学の際、ラケールには確認済みだ。

「念のため……」

クロラは持っていた鉤縄で、取っ手の部分をぐるぐる巻きにした。鍵を開けられても、少しは時間を稼ぐことができる。死人たちは、呆気《あっけ》に取られた様子でクロラの行動を見つめていた。

別の小銃を拾い上げ、弾倉に染料弾が残っていることを確認する。これからが本当の正念場だ。クロラは深呼吸して、三階に向かった。


「――ずいぶんと早かったな、クロラ・リル」

扉を開けた瞬間、蠱惑的な声が響く。

がらんとした室内に、ゼータは立っていた。本日は女性姿だ。相変わらず大胆に胸元をはだけ、真っ白な肌をさらけ出している。

「武器を持っていないんですか？」

「それくらいの譲歩がなければ、すぐ終わってしまうからな」

つまらないだろ、とゼータは挑発するように首を傾げる。

「お前も小銃は持ってないようだな。まさか私をねじ伏せるつもりか？」

「そうです、と言ったら？」

クロラが樹脂製の軍用ナイフをゼータに向けた。頭部か胸部に掠《かす》りさえすれば、クロラの勝利である。ゼータは唇を三日月のように歪めた。

「――面白い」

小さく息を吸い、クロラは床を蹴った。弾丸のように一気に距離を詰める。ナイフを握り締めた腕を、勢いに乗ったままゼータの顔目掛けて突き出した。

しかしそれは、わずかな体の動きだけで逸らされてしまう。

「速さはあるが、動きが単調だな」

捕らえようと伸ばされた手を、クロラはナイフで弾いた。袖口に真っ赤な塗料が付着する。一旦、距離を取り、また同じように勝負を仕掛けた。

腕の動きは最小限に留め、相手の隙を誘うように動く。ゼータは小銃も軍用ナイフも持っていない。捕まらない限り、こちらにも勝機はあった。

「ちょこまかと、さすがに鬱陶《うっとう》しいな……」

クロラはじわりじわりと扉へと追い詰められるように後退した。

速さではわずかにクロラが上回っているが、少しでも気を抜けばあっという間に拘束されてしまう。先日、所長室前の廊下で押し倒されたことは、苦い記憶だ。

ゼータの鋭い蹴りを間一髪で躱し、クロラは所長室を飛び出した。すぐにゼータも追撃してくる。転がるように、クロラは開いていた扉から会議室へと飛び込んだ。

「袋の鼠だぞ」

室内は所長室とほぼ同じ広さだった。机や椅子といったものはなにもなく、無機質な壁が剥き出しのままとなっている。

――ここまで、来た。

クロラは相手に疑問を抱かせないため、間髪を入れずに攻撃を仕掛けた。渾身の一撃であっても、ゼータは余裕の表情で躱していく。今更ながらに、実力の差を見せつけられていた。

だが、差があるなら、卑怯《ひきょう》な手を使ってでもそれを縮めればいい。正攻法で勝つ必要はないのだ。

伸ばされた手が、クロラの腕を摑む。ゼータの顔に喜悦の表情が浮かんだ。その瞬間、クロラはナイフを取り落とすと、ゼータの胸倉を摑みあげ、勢いをつけて背負い投げた。体格差はあるが、相手の勢いを利用すれば小柄なクロラでもそれくらいのことはできる。

とっさのことに、ゼータも摑んでいたクロラの手首を離した。部屋の中央に投げ飛ばされたゼータは、すぐさま体勢を立て直す。

「驚いたな。なかなかやるじゃないか」

「反撃はこれからです」

扉の前に立ったクロラは、足下にあらかじめ仕込んでおいたワイヤを引っ張った。ゼータの周囲をワイヤが覆う。室内の明かりを反射し、きらきらと輝く透明な糸をゼータは不思議そうに眺めた。

「ふむ。これはワイヤか？」

「はい。特殊な樹脂素材で作られたものですが」

室内に張り巡らしたのは、透明なワイヤだった。強度もあり、様々な分野で活用されている。

クロラは所長室に飛び込む前に、向かいの会議室に罠を仕掛けていた。訓練開始前の小細工は禁止されているが、最中も駄目とは聞いていない。

ゼータは足を踏み出そうとするが、ワイヤがそれを阻む。力を込めても、肉に食い込む。壁から引き抜こうとしても、バシュレ級の力でもない限り不可能だ。

〝能力を惜しむな〟と、ディエゴは別れ際に言っていた。密偵はけっして目立ってはいけない。だが、ゼータだけは、その限りではないのだ、とディエゴは言う。

目の前の人物を欺くためには、全力で挑まなければならない――。

「面白いものを持ってるな」

「小細工が得意なだけです」

あまり時間を無駄にはできない。そろそろ鍵を取りに向かった者が、こちらに辿り着いている頃だろう。

会議室の扉を施錠し、クロラは隅に隠しておいた小銃を構えた。まずは一発、ゼータの胸部を狙って撃つ。特殊なワイヤのおかげで、ゼータはその場から一歩も動けない。

染料弾は当たった――ゼータの手のひらに。

自分に向けられた銃口の角度から、狙いを推測したのだろう。そして、左胸に届く前に染料弾を弾いたのだ。ゼータの掌には、真っ赤な塗料が付着している。

クロラは感嘆した。いくら狙いがわかっていても、素手で弾くなどという芸当は、誰にでもできるものではない。

「偶然ではないぞ。なんなら、中に入っている染料弾をすべて弾いて見せようか？」

「遠慮しておきます」

「私に当てたいなら、両腕の自由も奪っておくべきだったな」

「むり言わないでください……」

だいいち、たとえ両腕を使用不能にしたところで、勝てる気がしない。

「さて、ここまで誘き寄せたのはいいが、これからどう出るつもりだ？　小銃は効かないぞ？」

クロラはゼータから視線を外さずに、扉の外の気配を窺った。慌ただしい足音が響いている。一人、二人ではない。

「そろそろここの鍵も届く頃だろうな。しかも、私の動きを制限するために張ったワイヤのおかげで、お前自身も逃げ場がない」

クロラは外の気配を探る。予想以上にこちらへ流れてくれたようだ。この分だと、獄舎に向かったのは数えるほどか。

所長室が空だとわかれば、次は会議室へと注意を向けるはず。鍵が掛かっているのだ、中に誰かがいるとすぐに気付く。

「……なにを考えている？」

「いえ、予想通りの展開だな、と」

間を置かずに、錠が外れ扉が開いた。クロラの姿を視認した兵士の一人が、すかさず号令を下す。

「撃て！」

クロラは床を蹴っていた。目の前のワイヤを踏み台にし、高く跳躍《ちょうやく》する。ゼータの体格ではむりな隙間も、小柄なクロラがすり抜けるだけの余裕はあった。

そのままゼータの頭上を越え、背後に着地した。

室内に銃声が響く。一渉《ひとわた》り撃ち尽くしたあとには、全身を真っ赤に染めたゼータの姿がある。

兵士たちにしてみれば、ゼータが動かないとは思ってもみなかっただろう。所長ならば躱せるはずだ、という信頼からくる先入観が、先ほどの号令に繋がった。彼らからは、ゼータの動きを阻むワイヤが見えていなかったのだ。

「なるほど。これが目当てか」

「まあ、上手くいけば儲けものかな、と」

「だが、残念だったな」

クロラの頬に滑《ぬめ》りのある液体が垂れてくる。触れると掌が真っ赤に染まった。衝撃に頭がくらくらする。運悪く、染料弾は頭に当たっていた。

「着弾はほぼ同時だった。両者引き分けで訓練は終了だな」

「いいえ。まだ、そうと決まったわけじゃありません」

戸口では、自分たちの手で所長を失格にしてしまった者たちが、青ざめた顔で立ち尽くしていた。

「獄舎の方はどうなった？」

ゼータの声に、啞然としていた兵士が慌てたように報告した。

「増援の要請がありましたので、屋外組を二名ほど向かわせました」

「少ないな」

「こちらを優先しました」

わずかな沈黙ののち、ゼータははっとしたようにクロラを振り返った。

「お前は囮か」

クロラはなにも答えない。

ただ微《かす》かな笑みを浮かべて見せた。

相手の集団を小分けにし、一つずつ潰していく方法は戦術の基本だ。そして、勝算の薄い所長室の方により兵力を集合させる。クロラはそのための餌だ。

あわよくばゼータも討ち取りたかったが、そちらは不発に終わってしまった。

「今すぐ、獄舎に兵を向かわせろ！」

兵士の一人が声を荒らげた。これで残りの兵士たちは、獄舎へと殺到する。あとは時間との勝負だった。

「クロラ。お前はなぜ、ラケールを選ばなかった？」

もう片付けを始めてもいいだろうと、短剣でワイヤを切断しながら回収していると、ゼータの声が飛んだ。

未だに動けずにいるゼータは、不機嫌全開だ。全身を真っ赤に染めているだけに、かなり異様な雰囲気が漂っている。

「一人だけ突出した人物がいると、無意識に頼ってしまいます。それでは、残りの二人が全力を出せません。均等であることが望ましいと考えました」

「他にも理由があるだろう？」

「敵が強力な場合、味方は一致団結します。油断もしませんし、なにをするにも警戒します。ですが、敵が弱小である場合、侮りが生じます。それは油断を生む」

クロラはそこに付け込んだにすぎない。あとは、戦術の基本を当て嵌めただけだ。

「今までの模擬訓練で、正攻法では勝てなかったと聞いていましたので。なら、別の視点から攻めてみようと思いました」

「バシュレの力業で強引に持って行くつもりか？」

「さあ？　まあ、何人が、あれに引っ掛かるかが鍵ですね」

ゼータの訝しむような視線を受けながら、クロラは笑みを浮かべたのだった。


途中までは驚くほど順調だった。それが狂い始めたのは、獄舎に入った辺りからだった。バシュレは歯がみする。

現在、バシュレたちは獄舎の一階、雑居房が並ぶ手前で防戦を強いられていた。

——前に、進めない。

地下へと続く階段は、もう視界に映っている。全力で駆け抜ければ、すぐにも辿り着きそうだ。だが、そこに至るまでの道は険しい。

「正直、これは予想してなかったなー」

ブラトの声が無情に響き渡る。両脇に並んだ雑居房。鉄格子の中では、小銃を構えた兵士が並んでいた。いくら左右を鉄製の扉で守っていても、背後から狙われれば意味がない。全力で走れば、格好の的だ。

「せめて、もうちょっと近かったら……」

「そうだよな。こっからじゃ、作戦は厳しいよな」

せっかく、ここまで誰も欠けることなく辿り着いたというのに。

扉を盾のように構えながら、バシュレはわずかに空けた隙間から正面を睨みつけた。地下へと続く階段の手前には、堂々と壁に寄り掛かるラケールの姿がある。まるでこちらを挑発しているかのようだ。

「でも、ここまで来られた」

バシュレは小さく呟いた。厄介者でしかなかった自分が、模擬訓練で旧監房棟の獄舎まで進むことができた。ハイメとブラトの協力もあるが、なによりもすごいのはクロラの作戦だ。

「ところでさ、クロラって何者なんだろうな」

「え?」

ブラトの発言に、バシュレは首を傾げた。向けられた視線に、ブラトは居心地悪そうに指で頬を掻く。

「今年入隊したばかりの新兵が、こんな作戦を思いつくのかな、って」

「もしかしたら、身内に軍に入ってる人がいたのかも。だったら、色々と教えてもらえるでしょう? 私もね、お父さんが軍人なんだよ」

「俺も叔父さんと従姉《いとこ》が軍人だな」

サライ国では、必ずといっていいほど親戚に一人は軍に入隊した者がいる。一家揃って軍人というところも珍しくはない。

「じゃあ、この作戦も誰かから聞いたもんなのかもな」

「そうかもしれないね。でも、それを実戦に役立ててるリル君もすごいと思うよ」

「いや、まあ、そうだけど……バシュレさんは、あいつのことが……」

「なあに？」

「こっ、こっちの話！」

ブラトは慌てて言葉を濁した。そして、思い出したように口を開く。

「そういや、そろそろクロラも失格になってる頃だよな」

不吉な物言いをするブラトを睨みつければ、眼を白黒させながら弁明が返ってきた。

「俺が言いたいのは、あいつが引きつけてた奴らもこっちに来る頃だろうってこと。時間稼ぎにも限界があるって言ってたし。このままだと、挟み撃ちだ」

「だからって、無計画に突進するのは自殺行為だよ」

「ここで待ってるのも同じことだって。そろそろ腹を括って動かなきゃまずい」

後方を警戒していたハイメも、視線が合うと同意するように頷いた。彼はすでに、増援でやってきた二人の兵を小銃で無力化している。

このまま様子を窺っていても意味はない。時間が経てば経つほど、こちらが不利となるのだ。所長室に向かったクロラが、屋外組の大半を引きつけていてくれる間が勝負なのである。

「わかった。できるだけ距離を稼いで、そこからは作戦通りに行こう」

「やっぱり、あれをやるのかぁ……」

「頑張ろうね、ブラト君！」

「ううっ、俺だって男を見せてやる！」

不意に、ハイメが後方を気にしだした。微かにだが、こちらへと向かう複数の足音が聞こえる。

「お、来たみたいだぞ」

ラケールの声が獄舎内に響いた。それに呼応するように、雑居房内からも挑発的な声があがる。

「二人とも、準備はいい？」

返答はない。

それが答えだった。そして、バシュレは扉を構える手に力を込める。そして、勢いをつけて走り出した。ここからは速度と運が勝負だ。いかに距離を詰められるか。

扉の端が鉄格子にぶつかり、激しい音をたてる。地下室へ続く階段の前では、ラケールが実にのんびりとした動作で小銃を構えた。

もしもこの段階で、彼がバシュレに向かって染料弾を撃っていたら、模擬訓練は監獄側の勝利に終わっていた。

銃口はバシュレの胸部を狙っていた。扉を前面に構えれば、染料弾は防げる。しかし、即座に背後から撃たれてお終いだ。

バシュレは構わずに突き進んだ。銃声が響く。胸部に息が詰まるような衝撃があり、真っ赤な花が咲いた。失格となったのだ。だが、バシュレは笑った。思った以上に、地下への階段は近い。

そして、倒れ込むように上体を丸める。背中をハイメが飛び越えていく気配があった。

続けざまに、ラケールの小銃から染料弾が発射される。ハイメの胸部にも真っ赤な花が咲いた。担いでいた案山子が倒れた拍子に勢いよく床を滑る。ラケールがやれやれといった様子で、銃口を下ろした。狙撃を得意とするだけあって、たった二発の銃弾で自分とハイメは仕留められてしまった。

「よし、あとはブラトで終わりだな。バシュレの後ろに隠れてないで出てこい。一瞬で済ませてやるぞ」

ラケールからは、ブラトがバシュレの背中に隠れているように見えるのだろう。しかし、そう錯覚した時点で、勝敗は決まっていたのだ。

「後ろです！」

「あ？」

近くの雑居房に入っていた兵士が、驚いたように声をあげた。彼の目には、バシュレが背中に括りつけたものの正体がはっきりと映っているのだろう。

「そのブラトは、案山子です！」

驚愕に眼を瞠ったラケールが、背後を見た。その時にはすでに、白い毛糸で作られた鬘を被ったブラトが、摩擦《まさつ》で真っ赤になった鼻を押さえながら、地下へと続く階段部分に立っていた。

「いつの間に入れ替わった！」

バシュレが背負っている案山子には、黒い毛糸で作った鬘が被せられてあった。しかもご丁寧に、髪型までブラトそっくりである。

「やった……勝った」

バシュレは茫然と呟く。おかしなことに、今頃になって震えがやってきた。息苦しいくらいに心臓が激しく脈打ち、視界が涙でぼやける。

視線の先では、ブラトも似たような表情で茫然と座り込んでいた。真っ白な鬘があまりにも似合わなすぎて、思わず笑いが零れる。ハイメもさすがに疲れたような雰囲気で、壁に寄り掛かっていた。

「あー、こりゃ負けちまったな」

額に片手をあてたラケールは、苦笑いを浮かべている。

夢ではない。

本当に、自分たちが勝ったのだ。

「勝ったー！」

クロラに届くよう、バシュレは渾身の力で叫んだのだった。


『あー、実にご苦労だった』

運動場に整列させられた模擬訓練の参加者たちは、壇上《だんじょう》に立つゼータを啞然とした表情で眺めている。

頭や胸部に真っ赤な染料をつけている者も多い。拡声器を持つゼータ自身も、顔に付着した分は拭き取ったが、全身が真っ赤に染められていた。

『これより、新入り歓迎会兼模擬訓練の総括を始める』

クロラは壇の脇に、バシュレたちと共に立たされていた。バシュレとブラトは衆目を集め緊張しているのか、まばたきを忘れるくらいに表情を硬直させていた。ハイメはいつも通り、淡々とした態度で並んでいる。

『勝者は、クロラ・リル。この模擬訓練が開始されて以来、二人目の成功者だ』

おおっ、と響動《どよ》めきが起きる。ほとんどの人間が悔しげに顔を歪めていた。おそらく、賭けで監獄側が勝つ方に賭けた者たちだろう。

逆に大穴狙いの者たちは、涙を流さんばかりに歓喜していた。羨ましい。本気で羨ましい。配当額は不明だが、襲撃者側に賭けた者は少ないはずだ。つまり、かなりまとまった金額を手に入れたということになる。金一封よりも遥かに美味しい。

『今回は監獄側が負けた。私が戦闘不能に陥ったのだ、完敗だ。一番の敗因は、相手の実力を過少評価していたことだ。そこに油断が生まれた。我々は人選の時から、敵の術中に嵌まっていたのだ』

クロラは姿勢を正しながら、ゼータの声に耳を傾けていた。

監獄側の油断を狙っての選考ではあったが、まさかここまで上手くいくとは思ってもみなかった。確率は半々。特に所長室では、勝てれば儲けものという程度にしか思っていなかったくらいだ。

クロラは終わりの一幕を思い出した。会議室へと誘い込めるかどうかが、勝利の分かれ道だった。ただ作戦自体は上手くいったが、クロラは最後の最後で運の女神に嫌われてしまった。

『さらに、全体では指揮系統の混乱が目立った。各監房棟の責任者がそれぞれに指揮を取っていたが、情報の共有がまったくと言っていいほどできていなかった。これでは無線機を設置している意味がない。その結果、戦力の分散により敵を懐深くに招き入れることになった』

ゼータは淡々とした口調で反省点を述べていく。すべて部下のせいにはせず、自らの非も認めるところは指導者として有能な証《あかし》だ。

『それと、訓練には参加しなかったが、コルトバ大尉から一言』

壇に登ったコルトバは、穏やかな笑みを浮かべ拡声器を受け取った。

『えー、第一監房棟責任者のコルトバです。今回は訓練には参加せず、観客として楽しませてもらいました。それでたまたま見ちゃったんですが、侵入者を発見して通報した兵士たち。あなた方、不正しましたよね。なんにもない運動場で、どうやって侵入者を見つけたのでしょう？　不思議ですねぇ』

ひぃ、と押し潰されたような悲鳴が列の奥から漏れた。どうやら、悪事はばれていたらしい。

『罰として、所長の八つ当たりを受けること——私からは、以上です』

もはや悲鳴すらない。コルトバから拡声器を受け取ったゼータは、再び口を開く。

『勝者には、金一封が出る。また、クロラ・リルには特別に、欲しいものを一つだけ要求できる権利が与えられる。もっとも、私に叶えられる範囲のものだがな。勝者の特権だ。遠慮せずに言え』

要求は作戦を立てる以前に決まっていた。にっこりと微笑み、クロラはこの監獄へ来た初日から己を苛み続けている問題を解決するべく口を開いた。

「男子寮を掃除してください。通路だけでなく、個人の部屋も」

誰もが啞然とした顔でクロラを見た。ゼータも心なしか引き攣ったような表情を浮かべている。どうやら、男子寮の惨状は聞き及んでいるらしい。クロラは気にせず、言葉を続ける。

「衛生面にも悪いと思います。全員で取り掛かればば……一週間あれば充分かと」

お金が掛かるわけでもなければ、誰が迷惑するということもない。個人の時間が犠牲になるのは、元を辿れば本人たちの怠慢が原因だ。嫌だと拒否することは許されない。

拡声器越しにゼータの哄笑《こうしょう》が響いた。一頻り腹を抱えて笑ったあと、意地の悪い笑みを浮かべた。

『いいだろう。その願いを叶えよう』

一部の者たちの悲鳴と、一部の者たちの歓喜の声が晴れ渡った空に響いたのだった。

終章

ディエゴ・クライシュナは首都サウガにある、サライ国軍統括本部内、第六連隊長室に戻るなり、苛々を絞り出すよう大きな溜息をついた。続いて室内に入って来た男が、それを見て苦笑する。

「ずいぶんと荒れてるね」

「黙れ。あの議員ども、こっちが大人しくしているからと言いたい放題。何度あのやかましい舌を引き抜いてやろうと思ったことか」

　椅子に座ったディエゴは、目の前に置かれた書類に視線を落とす。それもまた改革派の議員にかんするもので、無意識に口元が引き攣った。ここ一ヶ月、毎日のようにこの騒動の処理に追われている。おかげで通常の業務にも支障をきたしかけていた。

　椅子に寄り掛かり、久し振りに訪れる部屋を見回した。内装はウェラにある第六連隊の連隊長室とそう変わらない。執務机の前に二人掛け用のソファーが、ガラス製のテーブルを挟んで一脚ずつ置かれ、壁際には本棚が並ぶ。

　もっともこちらに揃えてある書籍や資料は、見られてもまったく困らない無難なものばかりであるが。ウェラの連隊長室同様、骨董品などが一つも置かれていないのは、ディエゴの指示だ。仕事場を高価な品物で飾り立てる趣味はない。

　年に数回、使う程度の場所だが、管理の人間は置いているので、常に清掃の手は行き届いていた。

「お前も、あそこにいたんだから少しは助け船くらい寄越せ」

「むり言わないでほしいな。こっちは、まだ新米議員なんだから」

中央議会議員、エルノ・オルモスは大袈裟《おおげさ》に肩を竦めて見せた。年齢はディエゴと同じだが、確実に五歳は若く見える。

癖の強い髪は襟足で切り揃えられ、きっちりと整えられている。顔立ちも柔和で、口元を緩めているだけで、優しげに微笑んでいるように見られるのだから、実にお得な顔だ。

着用しているのは、黒の礼服だった。会議の場からそのままここに向かったため、普段よりも窮屈そうに見える。

ディエゴとオルモスは、親友でもあり、義理の兄弟でもある。ディエゴの亡き妻がオルモスの妹なのだ。

「元帥が欠席したせいで、しわ寄せがこっちにまできた。いいとばっちりだ」

「まあまあ。改革派側もなかなか交渉が前進しないから、苛立ってるんだよ。もともとあそこは過激な人たちが多いからさ」

「当たり前だ。圧力を掛けたところで、グルアの情報を公開するわけがない。それくらいで出てくるなら、私はとうの昔に最重要機密を手に入れてる」

会議のため、首都にある軍本部に赴いたまではい い。問題は、すぐ近場の会場で、計ったかのように改革派の議員たちが会合を開いていたことだ。彼らの狙いは会議に出席予定の元帥にあったのだろう。

しかし、彼は急な仕事を理由に、会議を欠席した。

情熱を持て余した議員たちは、代わりとばかりに各部隊の隊長を捕まえては持論を展開し、軍事費の縮小がいかに国益となるかを滔々《とうとう》と語った。ディエゴは運悪く捕まってしまった人間の一人だ。

「彼らの存在だって大事なんだよ？　軍の傲慢《ごうまん》なお偉いさんは、隙あらば議会を傀儡《かいらい》にしようとするからね。軍寄りの保守派だと、あんまり大っぴらに抗議できないし」

オルモスは保守派に属しながらも、裏では双方の力関係が極端にならないように気を配っている苦労人だ。

「なんとか他所に意識を逸らせないか？」

「むりだね。断言してもいい。議員たちの中には、何年も前から配分が偏ってるんじゃないかって疑ってる人もいるくらいだからね」

まさしく、その予想は正しい。軍の上層部は証拠の隠滅に奔走しているが、再び機密資料の流出が起きたら釈明どころではすまされない。

「それで、本当にグルア監獄になにがあるかわからないの？」

「今、クロラを監獄にやって調べさせている」

「珍しい。クロラを遠くにやるなんて」

「あいつが適任だったんだ。それ以外には思いつかなかった」

「でも、大丈夫なの？　グルア監獄の所長って、お前が嫌ってたあの人だろ」

オルモスの言葉に、ディエゴは沈黙した。学生時代のことは思い出したくもない。


「女を教えてやるって言われて、茂みに引き摺り込まれたんだっけ？」

「違う！　私は逃げた」

「うん。ものすごいぎりぎりでね」

当時の悪夢が蘇《よみがえ》りそうになり、ディエゴは慌てて首を振った。

「クロラは平気なの？」

「あいつは異常に要領がいい。狙われても、周りを盾にして逃げるだろう。むしろ周囲の者たちの方が気の毒だ」

「だからこそ、密偵が務まるんだけどね」

「本当なら、そろそろ私の右腕として働かせたいが……」

クロラの見た目は大きな枷だ。他国からの移住者が増えているとはいえ、閉鎖的な軍ではあまり歓迎される容姿ではない。それに、成長が止まってしまったことも気になる……。

「クロラからなにか連絡はないの？」

「まだだ」

「そっか……って、そういえばララファって確か、グルア監獄で警邏隊の隊長をしてなかった？」

ディエゴは歳の離れた妹のことを思い出した。そういえば、クロラにはララファの存在を伝え忘れていた。

「ああ」

「わざわざクロラを送らなくても、ララファで事足りたんじゃないの？」

「あれは警邏隊の隊長だ。しかも、ゼータとは壊滅的に仲が悪い。グルア監獄の秘密を探って来いといってもむりだ。そもそもあれは密偵には向いていない」

「そんなことを言って、ララファと会うのが気まずいだけのくせに」

「なにか言ったか」

妹であるララファが軍人になると言った時、ディエゴは反対した。何度も説得したが、結局はディエゴの制止を振り切る形でララファは軍人になった。それ以来、兄妹の間には眼に見えない溝《みぞ》ができてしまった。未だにその溝が埋まる――もしくは、狭まる気配はない。

「いっそのこと、クロラに橋渡ししてもらえばいいんじゃないか？」

「お前はまた、そう勝手なことを」

「そうでもしなきゃ似た者兄妹なんだから、このまま死ぬまでずるずると引き摺ることになるぞ」

悔しいことに正論である。だからといって、オルモスの提案に乗るのは癪《しゃく》だ。それに反対し続けた手前、どんな顔で会えばいいのかわからない。

妹は自分とは違い、奸計《かんけい》には長《た》けていない。珍しいくらいに実直な性格なのだ。本土から離れた場所にいる間はいいが、こちらに戻ってくれば、足の引っ張り合いが日常茶飯事の軍部内で生き延びることは難しいだろう。

結婚して家庭に入れとまでは言わないが、もっと彼女に合った仕事はいくらでもある。実力で今の地位に上り詰めたことは認めるが、顔を合わせたら軍を辞めろと言わない自信がなかった。

「おい。今日はそんな話をしに来たのではないだろう。さっさと用件を言え」

「まったく、素直じゃないね……って、わかったから睨むなよ」

ソファーに座り直したオルモスは、真面目な顔をディエゴに向けた。

「改革派の議員たちは、グルア監獄について連名書を軍に提出するそうだ。問題なのは、保守派の名前がいくつか載っていること。流出した重要書類は、予想以上に威力を発揮したみたいだな」

「……それで？」

「まだ正式に決定したわけじゃないけど、議会では軍の責任を追及する構えだ。まあ、当然だよね。おそらく、グルア監獄を閉鎖するだけじゃ、議会は納得しないよ。そうなった経緯の説明と、場合によっては責任者の辞任を求めてくる」

グルア監獄の謎が、単なる所長主導の横領だったらディエゴもここまで重要視はしない。こちらがわざわざ手を出さなくても、いずれ自滅しただろう。しかし、グルア監獄の闇は深い。巨額の軍事費の配分を、歴代の元帥らは黙認し続けてきた。それだけの理由があるということだ。

「クロラが情報を送ってくるまで、なんとしてでも引き延ばせ。閉鎖する方向で動くにしても、なにもわからないままというのは危険だ」

「えー……頑張るけど、限界はあるからね。そこのところを忘れないでよ」

「ああ」

ディエゴもオルモスに任せきりにするのではなく、自分も精力的に動くつもりだった。軍の上層部に、グルア監獄の秘密を知る者がいる。目をつけられない範囲で探りを入れるつもりだ。場合によっては、第十部隊の残りを使うことも考えている。

「こちらもなにかあったら、すぐに報せよう」

「ララファのこともね」

「………わかった」

しかし、調べるにしても、軍の頂点に君臨する人物がかかわっているのだ。一筋縄でいくわけがない。それに嗅《か》ぎ回《まわ》っていることを気付かれれば、排除される恐れもあった。

「お話の最中、失礼いたします。お客様がお見えになりました」

会議に伴ってきた副官、アダン・チャベスの声が扉越しに響いた。ここで誰かに会う予定はない。念のためにオルモスへ目配せすれば、彼は心得たとばかりに内扉から隣室に移動した。

ディエゴとオルモスが義理の兄弟であることは隠していないが、招かれざる客が上層部の人間であればおかしな具合に曲解される可能性もある。機密書類が流出した件で、未だ犯人が特定されていないのも彼らが神経を尖らせている原因の一つだ。

「入れ」

声を掛ければ、大柄なチャベスが頭を屈め窮屈そうに扉から入ってきた。

「誰だ？」

「グルア監獄所長付きの副官、リリアナ・エローラ少尉です」

予想もしていなかった名前に、ディエゴは眉を寄せた。なぜ、ゼータの副官が自分に面会を求めているのか。

「いかがいたしましょう？」

「……わかった。通せ」

相手の思惑はわからない。約束があったわけではないため、多忙を理由に追い返すこともできた。だが、あちらがわざわざ情報を持って懐に飛び込んできたのだ。意図は不明だが、この機会を逃す手はない。

しばらくしてチャベスが案内してきたのは、若い女性士官だった。長い髪はきっちりと編み込まれ、わずかな乱れもない。背は女性にしては高いが、すらりとした体付きのせいで大柄という印象はない。知的な容姿に、黒縁の眼鏡がよく似合っていた。服装は軍服ではなく、議員の秘書が着るような黒い礼服を着用している。

「リリアナ・エローラ少尉です。面会の約束もないところお時間をいただき感謝いたします」

「グルア監獄所長の副官が、いったい私になんの用かな？」

ディエゴは相手の一挙手一投足に気を配りながら、当たり障りのない笑顔で応じた。

「セルバルア・ゼータ所長より、伝言を預かってまいりました」

エローラの言葉にディエゴは眼を細めた。密偵《クロラ》の正体がばれたのか、と不吉な予感が脳裏を過る。しかし、ディエゴはクロラの能力を信頼していた。常に冷静さを失わない態度もそうだが、なによりも買っているのはその慎重さだ。

一ヶ月やそこらで、クロラが動きを見せるわけがない。じっと息を潜め、好機を窺っているはずだ。

「〝グルア監獄にかんして、余計な手出しはするな〟と」

「……どういう意味だろうか？」

「クライシュナ中佐は、グルア監獄について調べているようですが、それを即刻中止していただきたいということです」

ディエゴは告げられた言葉を吟味《ぎんみ》する。クロラの正体に気付いたのかどうか、まだ断言はできない。

「確かに。私はグルア監獄について色々と情報を集めている。だが、それはしかたのないことだ。なにせ議員たちからの反発が凄《すさ》まじく、対応するにもそれなりの情報を揃えなくてはいけない。〝私はなにも知りません〟では、軍の情報担当としてすまされないんだよ」

喋りながら、ディエゴは脳裏で考える。エローラから情報を引き出すにしても、背後にゼータがいることを忘れてはいけない。ここでの会話は、いずれゼータにも報告が行く。

「グルア監獄については、緘口令《かんこうれい》が敷かれたと思いますが」

　まさに本日の会議で告げられたばかりの情報だ。元帥が欠席する中、当然のように不満の声をあげる者はいた。しかし、命令であるの一点張りで会議は終了した。

「先ほど終わったばかりの会議なのに、ずいぶんと詳しいね」

「その程度の伝手《つて》はあります」

「つまりこれ以上、首を突っ込むな、と？」

　返答はない。だが、エローラの態度から言いたいことは一目瞭然だ。

　これは警告である。手を出すな、とゼータは言っているのだ。おそらく今回の騒動で、軍内部でも動きを見せそうな人間に、わざわざ部下を使って警告しているのだ。怪我をしたくなければ、小物は引っ込んでいろ――そう嘲笑《あざわら》うゼータの姿が瞼に浮かぶようだ。

「わかった、とゼータ所長に伝えてくれ」

「……承《うけたまわ》りました」

　そうは言っても額面通りに受け取ってはくれないだろう。内心はどうであれ、表面上はこれ以外の返答はできない。引き続き、ゼータは自分を警戒するはずだ。今まで以上に、慎重に動く必要がある。

　エローラは敬礼すると、退出した。そのあとにチャベスも続く。足音が完全に遠ざかってから、隣室の内扉が開いた。

「相変わらず抜け目のない御仁だよねぇ」

「まったくだ」

　よりによって相手はあのゼータなのだ。ゼータがグルア監獄に配属された時、あの島はまだ〝軍人の墓場〟とは呼ばれていなかった。それでも、島流しといった印象は強い。

　当時、ゼータはなんの咎もなく、グルア監獄への配属が決まった。将来を嘱望《しょくぼう》されていたにもかかわらず、だ。いったい誰の勘気を被ったのかと疑問に思ったが、ディエゴは特に調べもせず放置した。ゼータに対する苦手意識から、故意に避けたということもあるが、当時は今ほど部下に恵まれてはいなかった。

　それから程なくして、グルア監獄の所長が辞職したという噂を聞いた。体調不良が原因であると言われていたが、おそらくゼータが一枚嚙んでいたのだ。その証拠に、空いた所長席に座ったのはゼータ本人だった。

　ディエゴがグルア監獄への、不当な予算の配分に気付いたのは、それから数年も経ってからのことである。

「もう少し早く——せめて、ゼータがグルア監獄に配属された辺りから情報を集めていたらな」

「それで、ディはどうするつもりなんだい？」

「どうもこうも、私があれの脅迫に屈するわけがないだろう」

　そうでなければ、わざわざ腹心の部下を島にやったりしない。グルア監獄の問題が、己の未来に重くのし掛かる可能性がある限り、手を引くことは考えられなかった。

「横領とかなら、話は簡単なんだろうけどね」

「数名の首は飛ぶがな」

　ディエゴは溜息をついて、用意されていた書類をオルモスに手渡した。

「この議員について、調べてくれ」

「いいけど、どうしてだ？」

「グルア監獄に密偵を送り込んでいるそうだ。その議員の単独行動なのか、それとも背後に誰かいるのかはっきりさせたい」

　グルア監獄を中心とし、様々な人間の思惑が飛び交っている。島に隠された秘密が、自分の手が届く範囲であればいい。もはや祈るような気持ちで、ディエゴは溜息をついたのだった。

「そこ、適当に拭き掃除だけで終わらないでくださ い。窓枠にこびりつく青黴が見えないんですか?」

クロラの指示が飛ぶ。

模擬訓練の翌日、さっそくゼータはクロラの望みを叶えるべく、男子寮の清掃を全兵士に命じた。前日同様、やらねばならない仕事は午前中に終わらせ、午後を使っての清掃作業である。

そこでクロラは指示役に抜擢《ばってき》された。もともと掃除の「そ」の字も知らない者たちばかりである。そうでなければ、ここまで凄惨《せいさん》な事態にはなり得なかっただろう。

まずなにから取り掛かればいいのか。それすらも判断できない男たちのために、ゼータがクロラを任命したのだ。

「金属類はあとで街の鍛冶屋《かじや》に運びますから、外に出しておいてください。そこっ、雑誌を読みふけらない!」

男子寮の玄関に陣取ったクロラの横には、ゼータの姿もある。その辺りに転がっていた椅子に座り、人の悪い笑みを浮かべて働き蜂のように行ったり来たりする男たちを眺めていた。

「あとで各部屋も確認しますから、そのつもりで掃除してくださいね!」

声を張り上げれば、断末魔のような悲鳴があがる。今まで放置してきたツケが回ってきたのだ。

「こいつらも、模擬戦一つで面白いくらいに従順になったもんだな」

豊満な胸を揺らしながら、ゼータはクロラを見上げる。真っ赤な口紅が塗られた唇は、美しい弧を描いていた。

「……所長が隣にいるからではないでしょうか」

「それもある。だが、一番はお前が模擬戦で勝利を得たからだ。ここにいる雄どもは、ある意味とってもわかりやすい。力を示してやれば、一目置くよう

になる」

昨日と今日とでは、兵士たちの態度にも差がある——ようにはあまり感じられないが、それでも一部の者たちからの視線は明らかに変わった。よくよく見れば、クロラが直接対峙《たいじ》した者たちばかりである。己の力を誇示するということは、単純ではあるがもっとも効果的な手段だ。

「まあ、当分の間は、珍獣でも見るような視線にさらされるだろうがな」

そう言うと、ゼータは「飽きた」と呟き、玄関先で掃き掃除をさぼっていた兵士を蹴り飛ばし、本棟へと戻って行った。その後ろ姿を眺めながら、クロラは唇を引き結ぶ。

グルア監獄に来た時よりは、風もだいぶ暖かくなった。きっと、すぐに夏がくる。そして、冬になる前には自分はここを去らねばならない。期限の半年なんて、あっという間だ。

調査官という使命を帯びているオールステットも、監獄の兵士たちにその調査内容までは明かしていないようだった。それもおそらく、上層部の指示なのだろう。

船乗りたちが出入りする街では、少なからずグルア監獄の問題が広まっている可能性はあった。さすがに自分たちの住む島の話なのだから、大概の者は関心を持つだろう。それでも知らないというならば、船乗りたちにも緘口令が敷かれ、本格的に規制の手が入っているとみて間違いはない。

それにこれからは、ゼータだけでなく各監房棟の責任者のことも調べる必要がある。ラケール、コルトバ、そして、まだ会ったことのない二人の責任者は、ここに配属になってかなりの年数が経っている。グルア監獄の内状を知っていた——ゼータと秘密を共有していたとしても、不思議はなかった。

「あ、そこっ。窓から逃げないでください！」

とりあえずは、職場環境を整える方が先決だ。クロラは扱《しご》きに耐えきれず脱走を試みる兵士に、声を荒らげたのだった。

ちなみに、バシュレの全力を受けたアバルカスは全治一ヶ月の怪我で静養。ゼータの八つ当たりを受けたアバルカスの同僚らは、反省の意味を込めて崖から吊るされる結果となった。


夜半のことである。闇に呑まれたかのように暗い階段に足音が響いた。

本棟の一階まで辿り着くと、迷いのない足取りで奥へと突き進んでいく。やがて、鉄製の扉の前で立ち止まった。

鍵で施錠を外し、ゆっくりと扉を開ける。

湿った空気が辺りに漂った。そこにあったのは、地下へと続く階段である。足音の主――ゼータは躊躇いもなく歩みを進める。

月明かりすら届かない海底のような闇が、ゼータを呑み込んだ。

了

あとがき

こんにちは。現在、自室がグルア監獄男子寮に酷似しつつある九条です。修羅場中、朝飯にしようと思っていた惣菜パンが数週間振りに発見されました。むろんすでにお亡くなり（賞味期限切れ）になっています。

そんなこんなで新シリーズが開幕となりました。今回は軍隊ものです。軍隊といっても規則はあってないようなもの、むしろ「私が規則だ！」と豪語なさる方がいるので、毛色の違ったものになりそうですが。

しかし、悩みました。シリーズ題名に。未だかってないほどの悩みっぷりで、担当さんとの試行錯誤も今までにないほど長期に渡りました。今日、決めないとまずいよ、という本当にギリギリまで悩んだものです。そして、決まったシリーズ題名が、カバーデザイン担当の方に喧嘩を売っているのではないかというほど、長々としたものに。巻題名は続刊も五文字以内でお願いしますね、と言われました。それ以上だと、背表紙に入らないとのこと。いっそのこと私の名前部分を圧縮しても、と言いましたが、さすがにそれはだめなようです。続刊の巻題名は五文字以内に、簡潔に！　をモットーに頑張りたいと思います。

今回もたくさんの方にお世話になりました。特に担当様……どれだけ崇《あが》め奉《たてまつ》っても足りないほど感謝しております。イラストはオルデンベルク探偵事務所録の伊藤明十《いとうあきと》さんが担当してくださることになりました。伊藤さんの描くおじ様は必見ですよ。オルデンベルク探偵事務所録も素敵でしたが、二巻からは軍部サイド、議員サイドの脂の乗りきったおじ様たちが登場予定ですので、今から楽しみでしかたありません。これからもよろしくお願いいたします。

そして、最後にちょろっと告知を。
八月に『ヴェアヴォルフ　オルデンベルク探偵事務所録』の中公文庫版が出版されます。書き下ろし短編もつきますので、よろしければお手に取ってみてください。

九条　菜月

ご感想・ご意見をお寄せください。

イラストの投稿も受け付けております。

なお、投稿作品をお送りいただく際には、編集部
(tel:03-3563-3692、e-mail:cnovels@chuko.co.jp)

まで、事前に必ずご連絡ください。

C★NOVELS Fantasia

グルア監獄《かんごく》
——蒼穹《そうきゅう》に響《ひび》く銃声《じゅうせい》と終焉《しゅうえん》の月《つき》

2013年5月25日　初版発行

著　者　九条《くじょう》 菜月《なつき》

発行者　小林 敬和

発行所　中央公論新社
〒104-8320　東京都中央区京橋2-8-7
電話　販売 03-3563-1431　編集 03-3563-3692
URL http://www.chuko.co.jp/

DTP　ハンズ・ミケ

印　刷　三晃印刷（本文）
大熊整美堂（カバー・表紙）

製　本　小泉製本

Published by CHUOKORON-SHINSHA, INC.
Printed in Japan　ISBN978-4-12-501249-0 C0293

第10回 C★NOVELS大賞 募集中！

第10回限定特別企画
「読者賞」新設します！

最終選考に残った作品の中から
読者選考委員が選ぶ。それが読者賞です。
C★NOVELSの歴史を変える力作を
お待ちしております！　ぜひご応募ください。

※読者選考委員の募集は13年秋予定です。

賞

大賞作品には賞金100万円
読者賞作品には賞金50万円

刊行時には別途当社規定印税をお支払いいたします。

出版

受賞作品は当社から出版されます。

回	賞	著者	作品
第1回	大賞	藤原瑞記	光降る精霊の森
	特別賞	内田響子	聖者の異端書
第2回	大賞	多崎 礼	煌夜祭《こうやさい》
	特別賞	九条菜月	ヴェアヴォルフ　オルデンベルク探偵事務所録
第3回	特別賞	海原育人	ドラゴンキラーあります
	特別賞	篠月美弥	契火《けいか》の末裔《まつえい》
第4回	大賞	夏目 翠	翡翠の封印
	特別賞	木下 祥	マルゴの調停人
	特別賞	天堂里砂	紺碧のサリフィーラ
第5回	大賞	葦原 青	遙かなる虹の大地　架橋技師伝
	特別賞	涼原みなと	赤の円環《トーラス》
第6回	大賞	黒川裕子	四界物語1　金翅のファティオータ
	特別賞	片倉 一	風の島の竜使い
第7回	特別賞	あやめゆう	RINGADAWN〈リンガドン〉　妖精姫と灰色狼
	特別賞	尾白未果	災獣たちの楽土1　雷獅子の守り
第8回	佳作	岡野めぐみ	私は歌い、亡き王は踊る
	佳作	鹿屋めじろ	放課後レクイエム　真名事件調査記録

この才能に君も続け！

応募規定

❶プリントアウトした原稿、❷表紙＋あらすじ、❸エントリーシート、❹テキストデータを同封し、お送りください。

❶プリントアウトした原稿

「原稿」は必ずワープロ原稿で、40字×40行を1枚とし、90枚以上120枚まで。

※プリントアウトには通しナンバーを付け、縦書き、A4普通紙に印字のこと。感熱紙での印字、手書きの原稿はお断りいたします。

❷表紙＋あらすじ（各1枚）

表紙には「作品タイトル」と「ペンネーム」を記し、あらすじは800字以内でご記入ください。

❸エントリーシート

C★NOVELSドットコム[http://www.c-novels.com/]内の「C★NOVELS大賞」ページよりダウンロードし、必要事項を記入のこと。

※❶❷❸は、右肩をダブルクリップで綴じてください。

❹テキストデータ

メディアは、FDまたはCD-R。ラベルにペンネーム・本名・作品タイトルを明記すること。必ず「テキスト形式」で、以下のデータを揃えてください。

ⓐ原稿、あらすじ等、❶❷でプリントアウトしたものすべて
ⓑエントリーシートに記入した要素

応募資格

性別、年齢、プロ・アマを問いません。

選考及び発表

C★NOVELSファンタジア編集部で選考を行ない、大賞及び優秀作品を決定。2014年2月中旬に、C★NOVELS公式サイト、メールマガジン、折り込みチラシ等で発表する予定です（一次選考通過者には短い選評をお送りします）。

注意事項

●複数作品での応募可。ただし、1作品ずつ別送のこと。
●応募作品は返却しません。選考に関する問い合わせには応じられません。
●同じ作品の他の小説賞への二重応募は認めません。
●未発表作品に限ります。ただし、営利を目的とせず運営される個人のウエブサイトやメールマガジン、同人誌等での作品掲載は、未発表とみなし、応募を受け付けます（掲載したサイト名、同人誌名等を明記のこと）。
●入選作の出版権、映像化権、電子出版権、および二次使用権など、発生する全ての権利は中央公論新社に帰属します。
●ご提供いただいた個人情報は、賞選考に関わる業務以外には使用いたしません。

締切

2013年9月30日（当日消印有効）

あて先

〒104-8320 東京都中央区京橋2-8-7
中央公論新社『第10回C★NOVELS大賞』係

（2012年11月改訂）

主催・C★NOVELSファンタジア編集部

九条菜月の本

オルデンベルク探偵事務所録

ヴェアヴォルフ

20世紀初頭ベルリン。探偵ジークは、長い任務から帰還した途端、人狼の少年エルの世話のみならず、新たな依頼を押し付けられる。そこに見え隠れする人狼の影……。第2回C★NOVELS大賞特別賞受賞作！

ヴァンピーア

不可解な状況で消えた女性の遺体探索依頼が探偵事務所に舞いこむ。探偵フェルが派遣されるが、到着直後から相次ぐ殺人事件。お転婆な少女に邪魔されながらも、地精の協力を得て謎に挑むが——。

ヘクセ 上

凄艶な美しさと強さを誇る大魔女ゾフィーが殺された。
調査に乗り出したミヒャエルは、
彼女が後継者選びをしていたと知る。
弟子たちの誰かが犯人なのか？
核心に迫るミヒャエルに使い魔が襲いかかり……！

ヘクセ 下

人の世の理を乱す魔女を狩り尽くすことを使命とし、
歴史の陰で連綿と血を繋ぐ一族。生まれた時から
彼らは血にまみれた生を運命づけられていたのだった⁉

エルの幻想曲《ファンタジア》

エル＆ジークが帰ってきた！
兄貴分クリスにお屋敷に連れてこられたエル。
そこに住む女の子と友達になってほしいと頼まれる。
初めての人間の友達に緊張するエルだったが……。
五篇収録。

イラスト／伊藤明十

九条菜月の本

魂葬屋奇談

空の欠片

平凡を自認する高校生・深波。学校に紛れこむ自分にしか見えない少年の存在に気付いたことで、平凡な人生に別れを告げることに！

淡月の夢

助人となった深波。見知らぬ少女に喧嘩を売られ、ユキからは呼び出され休む暇がない。今回は警察から欠片を盗み出せって……⁉

黄昏の異邦人

三日間だけだからとユキに拝み倒され、魂葬屋見習い・千早の最終試験に駆り出された深波。どうやら彼は訳ありのようで……。

追憶の詩《うた》

通り魔が頻発する地区で、使い魔を連れた男女に出会った深波。時雨からは「死にたくなければ近付くな」と警告されるが……。

螺旋の闇

ユキの失った生前の記憶に繋がる日記帳を手にした深波。意を決して、調査を始めようとした矢先に生意気な魂葬屋に捕まって……⁉

蒼天の翼

ユキの記憶をたぐる手がかりを僅差で失った深波。一度は落ち込むが、再び立ち上がったその身に危機が迫る！　シリーズ、完結！

イラスト／如月水

九条菜月の本

翼を継ぐ者

1 契約の紋章

シュルベル王国の小さな農村で育った少女リディア。ある日、村に他領の騎士が乗り込んでくる。リディアは主家の継承者の証を持っていて、自分たちは迎えにきたというのだが……。

2 紋章の騎士

紋章貴族として生きる決意をした
リディアの前に立ちふさがる難問
――戦争か？　和平か？
自身の判断で人々の未来が決まる。
究極の決断を迫られ惑う彼女の
命を狙い、刺客が放たれた！

3 封印の紋章

シュルベル、カーランド両国で
高まる戦争の機運。二つの国に生きる、
二人の少女は、争いを避けるため、
それぞれの戦いに挑む！
一方、国内では教会を巡り、
不穏な動きが加速していた。

4 紋章の覇者

国境で戦の火蓋が切られた。
命を狙われた一連の出来事の裏に
義兄がいたことを知り傷つくリディアだったが、
紋章に秘められた力を使い、起死回生の手に打って出る！
シリーズ完結巻

イラスト／キヲー

九条菜月の本

華国神記

奪われた真名《まな》
下級官吏・鄭仲望の前に現れた少女・春蘭。真名を奪われた神だと主張する彼女は居候を決め込んだ。そして都を跋扈する魔物にまつわる大事件に、二人は巻き込まれていくのだった！

妖霧に惑いし者
元神様・春蘭は近づく雨期に焦りつつも、鄭家に居候中。真名盗人の情報収集の最中、山では妖がらみの事件が頻発していた。情報を握る仲望は捜索隊の一員として都を離れてしまい……。

虚空からの声
仲望を避けて妓楼暮らしと同時期に
街を覆い始めた病の影。〈疫〉なのか？
人々を救う方策を模索する春蘭は、都の守り神について疑問を持ち、祀られている山に向かうことにする。

火焔の宴
追っ手に気づかれた！　玄楽の影に怯え、緊張の毎日を過ごす春蘭と傍らから離れようとしない仲望。妓楼を救うため一肌脱ぐことにした春蘭は皇帝主催の宴で占を披露するが……⁉

隻眼の護り人
後宮に招かれた春蘭は玄楽から逃れるため、皇帝の命を受け入れる。一方、春蘭を実の兄から守りきれなかった自らのふがいなさに苦しむ仲望は……。大人気中華ファンタジー完結。

イラスト／由貴海里

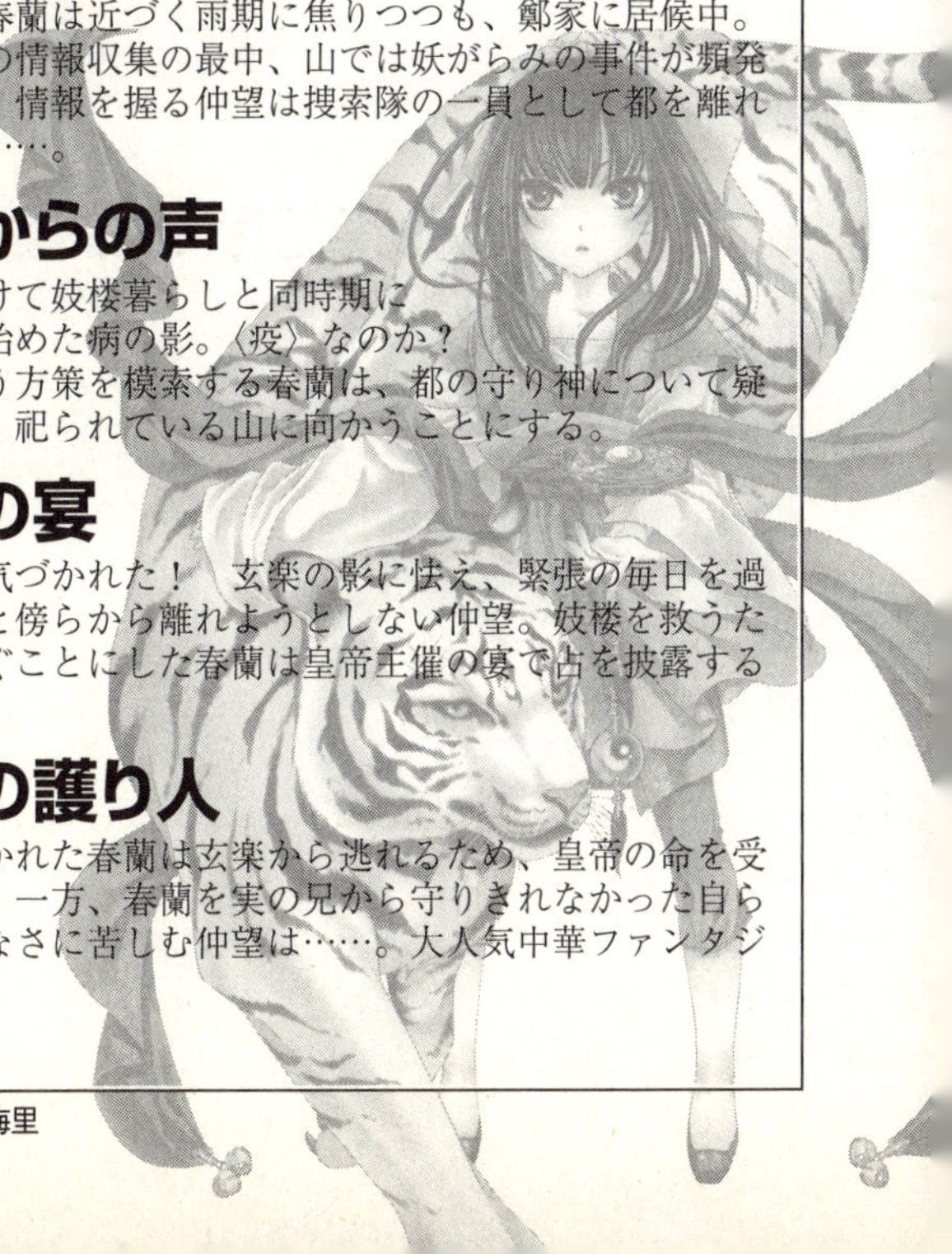